講談社文庫

復活の歩み(上)

リンカーン弁護士

マイクル・コナリー｜古沢嘉通 訳

講談社

サム・ウェルズを偲（しの）んで本書を捧（ささ）ぐ。

目次

復活の歩み　リンカーン弁護士(上)

復活の歩み

リンカーン弁護士(上)

●主な登場人物〈復活の歩み　上下共通〉

マイクル（ミッキー）・ハラー　刑事弁護士

ハリー・ボッシュ　元ロス市警刑事。ハラーの異母兄

ルシンダ・サンズ　元夫殺害犯。収監中

ローナ・テイラー　ハラーの前妻でケース・マネージャー

マディ　ボッシュの娘

エドワード・デイル・コウルドウェル　ビジネス・パートナー殺害犯。収監中

ジェニファー・アーロンスン　ハラーの事務所のパートナー

デニス（シスコ）・ヴォイチェホフスキー　ハラーの調査員。ローナの現在の夫

マギー・マクファースン　ハラーの最初の妻。検察官

ヘイリー　ハラーとマギーの娘

ロベルト・サンズ　殺害された保安官補。ルシンダの元夫

フランク・シルヴァー　ルシンダの事件の当初の弁護士

ムリエル・ロペス　ルシンダの母

エリック　ルシンダとロベルトの息子

キース・ミッチェル　ロベルトの同僚

トム・マックアイザック　ＦＢＩ捜査官

シャミ・アースレイニアン　科学捜査専門家

ステファニー・サンガー　ロベルトの同僚

ヘイデン・モーリス　カリフォルニア州検事補

エレン・コエルホ　連邦地裁判事

ネイト　連邦地裁廷吏主任

ジャン・ブラウン　連邦地裁書記官

一家は来訪者用駐車場に集まっていた。ここにいるのは、ホルヘ・オチョアの母親と弟とわたしだ。ミセス・オチョアは白い袖口と襟のついた淡い黄色のワンピース姿でまるで教会にいくかのような服装をしており、両手にはロザリオの数珠を巻いていた。オスカル・オチョアは、ヒスパニック系ギャング（チーヨロ）の正装をまとっていた――黒のドック・マーティンをだぼっと覆う腰ばきのバギー・ジーンズ、ウォレット・チェーン、白いTシャツ、黒いレイバン。青い刺青が首まわりを包んでおり、ヴァインランド・ボーイズの通り名である「Double O」の文字が目立つように入っていた。

そして、わたしは、いかにも法の威厳をまとい、カメラ映えするようにイタリア製のスリーピースを着ていた。

陽（ひ）は沈みかけており、刑務所の高さ七メートルの外柵を通って、ほぼ水平の角度に陽の光を当ててきて、カラバッジオの絵のようなキアロスクーロ技法でわれわれ全員の姿を明暗を強調する形に浮かび上がらせていた。わたしが看守塔を見上げたところ、スモークガラスの窓越しに長銃身の銃を持った男たちのシルエットが見えた気がした。

　これはまれな機会だった。コルコラン州刑務所は、被収容者である男たちが二本の脚で立ったまま頻繁に出ていく刑務所ではなかった。ここはＬＷＯＰ施設だった。すなわち囚人が仮釈放なしの終身刑（ライフ・ウィザウト・パロール）に服す場所だ。チェックインしたものの、けっしてチェックアウトしない場所。ここはチャーリー・マンソンが老衰死した場所だ。だが、多くの受刑者は老齢に達することはない。囚房での殺人がありふれていた。数年まえ、ホルヘ・オチョアの囚房のすぐ近く、鉄の扉を二枚隔てた囚房でひとりの受刑者が首を切られ、切り刻まれた。悪魔崇拝者を自認する同房者が被害者の耳と指を結んでネックレスを編んだのだ。それがコルコラン州刑務所だ。

だが、なんとかホルヘ・オチョアは、自分がやってもいない殺人の罪で十四年間服役し、生き延びた。そしてきょう、ホルヘにとって最高の日を迎えていた。裁判所が彼の無実を認定し、終身刑が取り消されたのだ。彼は立ち上がり、生者の地へ戻ってこようとしていた。われわれはわたしのリンカーンに乗り、二台の報道関係のヴァンをうしろに従えて、ロサンジェルスからホルヘを出迎えるため刑務所のゲートにやってきたのだった。

午後五時ちょうどに大音量の警笛が刑務所全体に響き渡り、われわれの関心を惹いた。ＬＡの二局の報道番組からきたカメラマンたちが肩に機材を担ぎ上げ、レポーターたちはマイクの用意をし、髪の様子を確認した。

塔の一階部分にある守衛所の扉がひらき、制服姿の看守がひとり、外に出てきた。そのあとにホルヘ・オチョアがつづいた。

「神さま」ミセス・オチョアは息子を見たとたん叫んだ。「ディオス・ミオ」

それは実現するとは彼女がけっして思わなかった瞬間だった。実現するとはだれも思わなかった瞬間だった。わたしがこの事件を引き受けるまでは。

看守が塀のゲートを解錠し、ホルヘは通過を認められた。釈放に当たってわたしが彼のために買い与えていた服装が、完璧にフィットしているのを確認する。黒のポロシャツとタン色のチノパン、白のナイキ。カメラのまえでホルヘを彼の弟と同類に見せたくなかったのだ。今後、不当な有罪判決に関する民事訴訟を起こすため、ロサンジェルス郡陪審員候補者たちにメッセージを送るのに早すぎることはけっしてなかった。

ホルヘはわれわれに向かって歩きだし、最後の瞬間には、駆けだした。ホルヘは身をかがめ、小柄な母親に抱きつき、彼女を地面から持ち上げると、優しく降ろした。

ふたりは優に三分間抱き合い、その間、カメラはあらゆる角度からふたりが流す涙を映像に捉えた。次がホルへの弟、ダブルO(オスカル)の番で、抱擁し、男らしく背中を叩(たた)いた。そしてそれからわたしの番になった。わたしは手を差しのべたが、ホルへはわたしをぐいっと引き寄せて抱擁した。

「ハラーさん、なんと言ったらいいのかわからない」ホルへは言った。「だけど、ありがとう」

「ミッキーと呼んでくれ」

「あんたはおれを救ってくれた、ミッキー」

「娑婆(しゃば)におかえりなさい」

ホルへの肩越しにカメラがわれわれの抱擁を記録しているのを見て取る。だが、その瞬間、わたしは不意にこういうことがすべてどうでもよくなった。長いあいだ心のうちに抱えていた空虚な穴が閉じはじめるのを感じた。わたしはこの男を復活させたのだ。そしてそれにより、法の実践において、あるいは人生において一度も知ることのなかった達成感がやってきた。

第一部　三月——干し草の山

1

ボッシュはステアリングホイールにその手紙を寄りかからせた。活字体の文字は、判読可能であり、余白は綺麗に空いていた。英語の文章だったが、完璧な英語ではなかった。誤字があり、いくつかの単語は使い方をまちがっていた。《ホモニムスさん》そう書いているようだ。《わたしはやってないし、無実を晴らすためにあなたをやっといいたいです》

その段落の最後の一行がボッシュの関心を惹いた──《べんご師は言いました。有罪の当弁をしなければならない。さもないと法執行官を殺した罪で、終身刑になります》

ボッシュは便箋をひっくり返し、裏になにか書かれていないかどうか確かめた。上の部分に数字がスタンプされており、ロサンジェルス東部の都市、チーノウの施設の情報管理部門のだれかが少なくともこの手紙に目を通し、認可し、出状されたことを意味していた。

ボッシュは慎重に咳払いをした。最新の治療によって喉がひりひりしており、事態をこれ以上悪化させたくなかった。ふたたびその手紙を読む。**《彼を好きではありませんでしたが、彼はわたしの子どもの父親です。わたしが彼を殺すわけがありません。それは嘘です》**

ボッシュはためらった。この手紙を有力候補の束に加えるべきか、断りの束に加えるべきか、判断がつかなかった。決断を下すまえに助手席のドアがあき、ハラーが入ってくると、未読の手紙の束を座席から掴んで、ダッシュボードに放り上げた。

「ショートメッセージを読まなかったのか？」ハラーが訊いた。

「すまん、着信音が聞こえなかった」ボッシュは答えた。

ボッシュは手紙をダッシュボードに置き、すぐにリンカーンのエンジンを始動させた。

「どこへ？」ボッシュは訊いた。

「空港裁判所だ」ハラーは言った。「それに遅れそうだ。正面でピックアップしてもらいたかったんだが」

「それもすまん」

「ああ、もしこの申立てに遅刻したら判事にそう謝ってくれ」

ボッシュはギアをドライブに入れると、縁石から発進させた。ブロードウェイを北上し、北向き101号線の入り口に入った。ロータリーにはテントや段ボール・ハウスが並んでいた。直近の市長選挙は、市にあふれかえったホームレス問題でどちらの候補がましな仕事をするかが焦点になっていた。いまのところ、ボッシュはなんらかの変化が起こっているのに気づかなかった。

ボッシュはすぐに南向き110号線に乗り換えた。先に進むと、センチュリー・フリーウェイにたどりつき、空港への最短ルートになる。

「よさそうな案件はあったかい?」ハラーが訊いた。

ボッシュはルシンダ・サンズからの手紙をハラーに手渡した。ハラーはそれを読みだし、すぐに被収容者の名前を確認した。

「女性だ」ハラーは言った。「おもしろい。どんな話だ?」

「前夫を殺した」ボッシュは言った。「そいつは警官だったようだ。仮釈放なしの終身刑を振りかざされたせいで、故殺に対する不抗争の答弁を選んだ」

「故殺か……」

ハラーは読みつづけたのち、ダッシュボードに投げた手紙の束の一番上にその手紙を放りだした。

「これがいまのところ一番の有望株なのか？」ハラーは訊いた。

「いまのところは」ボッシュは言った。「まだ、目を通していない手紙はある」

「自分ではやっていないと言っているが、だれがやったかは言ってない。それに関してこちらができることはなんだ？」

「知らないんだ。だからこそ、彼女はきみの手助けを欲している」

ハラーが携帯電話を確認してから、ケース・マネージャーのローナに電話して自分の予定を確かめようとするあいだ、ボッシュは黙って運転をつづけた。ハラーが通話を終えると、ボッシュは次の目的地でどれくらい滞在することになるのか訊いた。

「依頼人と減刑の鍵になる証人による」ハラーは言った。「依頼人はおれのアドバイスを無視して、自分が犯したとされる罪についてすべて否定する理由を判事に伝えたがっている。おれとしては依頼人の息子に減刑を嘆願させたいところだが、その息子が現れるかどうか、話してくれるかどうか、そもそもどんな展開になるか、定かではないんだ」

「なんの事件なんだ？」ボッシュは訊いた。

「詐欺だ。依頼人は八年から十二年の刑を言い渡されようとしている。なかに入って見たいか？」

「いや、そこにいるあいだにこの件を考えてみる。バラードのいるところに立ち寄って、会ってみるかもしれない――もし彼女がなかにいるなら。あそこは裁判所から遠くない。法廷の用が済んだらショートメッセージを送ってくれ。迎えに戻る」

「着信音が聞こえるならな」

「その場合は電話をかけてくれ。あの呼びだし音は聞こえる」

十分後、ボッシュはラ・シエネガ大通りにある裁判所の正面に車を停(と)めた。

「またあとでな」ハラーは降りる際に言った。「電話の音量を上げておけよ」

ハラーがドアを閉めると、ボッシュは言われたとおりに電話の音量を調整した。難聴についてボッシュはハラーに百パーセント正確な事情を伝えていなかった。カリフォルニア大学ロサンジェルス校(UCLA)での癌(がん)治療はボッシュの聴力に影響を与えていた。いまのところ、人の声を聞いて会話することに問題はなかったが、一部の電子音はボッシュの可聴範囲を超えていた。いままでさまざまな着信音やメッセージのアラート音で実験してみたが、正しい設定をいまだに見つけられずにいた。その間、メッセージの着信音や呼びだし音に耳を澄ますより、もっぱらそれに伴うバイブレーションに頼っていた。だが、車のカップ・ホルダーに携帯電話を入れてしまい、ハラーがダウンタウンの裁判所のまえで迎えにきてほしいと思ったとき、着信音とバイブレーションの両方を感知しそこなってしまったのだ。

車を発進させると、ボッシュはレネイ・バラードの携帯電話を呼びだした。バラードはすぐに出た。

「ハリー？」

「やあ」

「元気なの？」

「もちろんだ。きみはアーマンスンにいるのか？」

「ええ。なにがあったの？」

「おれは近くにいるんだ。ちょっと立ち寄ってもかまわないか？」

「待ってるわ」

「じゃあ、いまから向かうよ」

2

アーマンスン・センターは、十分先のウェスト・マンチェスター・アヴェニューにあった。そこはロサンジェルス市警のメインの採用および研修施設だった。だが、市警の未解決事件資料庫もそこにあった――一九六〇年にさかのぼる六千件の未解決殺人事件の資料が収められている。未解決事件班は、すべての殺人事件調書を収納している書架の列の一番奥にある八人構成の島(ポッド)に位置していた。ボッシュは以前、そこに所属していたことがあり、そこを聖地と見なしていた。どの列も、どのバインダーも、お蔵入りの正義に取り憑(とつ)かれている。

受付でボッシュはポケットにクリップ留めするための来訪者タグを渡され、バラードに会いにいくよう促された。案内の申し出を断り、行き方はわかっている、と告げた。資料庫のドアを通ると、書架の列に沿って歩き、列の端にテープ留めされているインデックスカードの事件年を心に留めた。

バラードが書架の奥にあるオープンエリアに設けられたポッドの最奥の机にいた。ほかの間仕切り区画のなかで人がいるのはひとつだけだった。そこには班の調査的遺伝子系図学（インヴェスティゲーティブ・ジェネティック・ジニアロジー）専門員であり、秘密の超能力者であるコリーン・ハッテラスが座っていた。コリーンはボッシュが近づいてくるのに気づき、その姿を見て喜んだようだった。その感覚は相互的なものではなかった。ボッシュは、昨年、全員ボランティア・ベースの未解決事件調査チームに短期間だけ籍を置いたが、コリーンの超共感能力なるものを巡って、衝突したのだった。

「ハリー・ボッシュ！」コリーンは歓喜の声を上げた。「なんてすてきな驚き」

「コリーン」ボッシュは言った。「きみが驚けるとは思っていなかった」

ハッテラスはボッシュのきつい冗談を認識しても、笑みを浮かべたままだった。

「まったく変わってないハリーだ」コリーンは言った。

バラードは回転椅子をまわし、礼儀正しい挨拶が言い争いにならないよう、会話に割りこんだ。

「ハリー」バラードは言った。「用件はなに？」

ボッシュはバラードに近づき少し体の向きを変えて間仕切りに寄りかかった。こうすることでハッテラスに背を向けた。

バラードにだけ聞こえるよう声を低くした。

「空港の裁判所でハラーを降ろしてきたところなんだ」ボッシュは言った。「たんにごきげんうかがいにここに立ち寄れるんじゃないかと思った」

「景気は上々よ」バラードは言った。「ことしに入って九件、解決した。その多くが、遺伝子系図学とコリーンの優れた働きのおかげ」

「すばらしい。何人かを刑務所送りにしたのか、あるいはほかの連中の無実の罪を晴らしたのか？」

未解決事件捜査で頻繁に起こるのが、とっくの昔に死んでいる人物あるいは、ほかの犯罪で終身刑を受けてすでに服役中の人物とＤＮＡが一致することだった。それにより、もちろん、事件は解決するが、訴追が発生しないため、事件調書上は「別件解決」として記録されるのであった。

「ええ、何人かをムショに送りこんだ」バラードは言った。「半分ほど、と言えるかな。だけど、大事なのは被害者家族。容疑者が生きていようと死んでいようと、事件が解決したことを家族に知らせてあげられるのが大切」

「そのとおりだ」ボッシュは言った。「まさにそうだ」

だが、未解決事件にボッシュが取り組んでいたとき、被害者家族に事件は解決したが、犯人と目される容疑者が死んでいることを伝えるときは、いつも心がざわついた。ボッシュにとって、殺人犯がその死をもって逃げおおせたことを認めるに等しかった。そしてそこにはなんの正義もなかった。

「それだけ？」バラードが訊いた。「たんにごきげんようと言うのと、コリーンにけちをつけるためだけに立ち寄ったの？」

「いや、そうじゃなくて……」ボッシュは口ごもった。「頼み事があるんだ」

「じゃあ、頼みなさい」

「ふたつ名前がある。刑務所に入っているふたりだ。事件番号を手に入れたい。うまくいけば事件の内容も」

「さて、ふたりがムショに入っているのなら、未解決殺人事件の話ではないわね」

「そうだ。それはわかってる」

「ということは、なに……あなたはわたしに――ハリー、ふざけてるの？」

「あー、いや、どういう意味だ？」

バラードは体の向きを変え、パーティションの越しにハッテラスの様子がうかがえるようまっすぐ背を伸ばした。ハッテラスはコンピュータ画面に目を向けていた。ふたりの会話を盗み聞きしようとしていたのは明白だった。

バラードは立ち上がり、資料庫の正面を通っているメイン通路に向かって歩きだした。

「コーヒーを飲みに上の階にいきましょう」バラードは言った。

バラードはボッシュの返事を待たなかった。彼女は歩きつづけ、ボッシュがあとをついていった。ボッシュが振り返ってハッテラスを見ると、彼女はこちらが去っていくのをじっと見つめていた。

ふたりが休憩室にたどりつくやいなや、バラードは振り返り、ボッシュに向き合った。

「ハリー、ふざけてるの？」

「いったいなんの話だ？」

「あなたは刑事弁護士のために働いているでしょ。あなたは刑事弁護士のためにわたしに名前を調べさせたいの？」

ボッシュは黙りこんだ。この瞬間までこの件をそんなふうに見ていなかった。

「いや、そんな考えはなかった――」

「そうでしょうね、あなたは考えてなかった。もしあなたがリンカーン弁護士のために働いているのなら、わたしはあなたのために名前を調べることはできない。懲戒検討委員会にかけることすらしないで、連中はわたしを首にできる。市警本部ビルにわたしの足を引っ張ろうとしている人がいないなんて思わないで。いるの」

「わかった、わかった。すまん。考えが足りなかった。おれがここにいたことすら忘れてくれ。邪魔したな」

ボッシュはドアに向かったが、バラードが止めた。

「いいえ、あなたはここにいるし、わたしたちはここにいる。まず、コーヒーを飲みましょう」

「あー、そうだな、わかった。ほんとにいいのか？」

「座ってて。取ってくる」

休憩室にはテーブルが一脚あった。壁際に寄せられており、空いている三面にそれぞれ椅子が置かれていた。ボッシュは腰をおろし、バラードがコーヒーを持ち帰り用カップに満たして持ってくるのを見ていた。バラード同様、ボッシュはブラックでコーヒーを飲むほうであり、バラードはそのことを心得ていた。

「で」バラードは腰をおろしてから口をひらいた。「調子はどう、ハリー？」

「あー、悪くない」ボッシュは言った。「不満はない」

「一週間ほどまえ、ハリウッド分署に出かけて、娘さんと出くわした」

「ああ、マディから聞いている。きみは留置房にいる男に用があったんだって」

「八九年の事件。強姦殺人犯。ＤＮＡが一致したんだけど、本人を見つけられなかった。公開捜査にしたところ、交通違反で逮捕されてそこに留置されていた。わたしたちがさがしていたことすら本人は知らなかったんだよ。ところで、ＵＣＬＡで、ある種の治験を受けていると、マディから聞いたけど」

「ああ、臨床試験だ。おれがいま抱えているものに対して延長確率が七十パーセントあると仮定されている」

「延長？」

「延命さ。運がよければ寛解もある」

「ああ。なるほど、それはすてき。結果は出てるの？」

「それを語るには早すぎる。それに向こうは本物の薬を打ってるのか、偽薬なのかを言わないんだ。だから、だれにもわからない」

「それはちょっといやね」

「ああ。だけど……いくつか副作用が出ているので、本物だと思ってる」

「たとえばどんな？」

「喉がとても荒れるし、耳鳴りと難聴があって、おかげで正気を失いそうになってる」

「で、それに対してなにか対処してくれているの？」

「しようとしている。だけど、それこそ治験グループにいる意味なんだ。連中は症状をモニターし、副作用に対応しようとしている」

「なるほど。マディから話を聞いたとき、わたしは驚いたんだ。最後にわたしたちが話をしたとき、あなたは自然に任せるつもりだと言ってたので」

「考えを変えたとでも言おうか」

「マディ？」

「ああ、それがおおいにある。いずれにせよ……」ボッシュはまえに体を倒して、カップを持ち上げた。コーヒーは飲むにはまだ熱すぎた。とりわけ荒れた喉に対しては。だが、自分の病状について話すのを止めたかった。それについて話したことがある数人のうちのひとりがバラードだったが、ボッシュは病状と自分の将来のさまざまな可能性についてくよくよ考えないようにしていた。

「じゃあ、ハラーの話をして」バラードが言った。「どういうことになってるの？」

「あー、うまくいってるよ」ボッシュは言った。「仕事が舞いこんできて、ずっととても忙しくしている」

「で、いまはあなたが運転手をしている?」

「かならずしもいつもじゃない。だけど、そうすることで依頼について話をする時間が取れているんだ。とにかく依頼が舞いこみつづけている」

一年まえ、ボッシュがボランティアとして未解決事件班でバラードとともに働いていたとき、彼らは長年市内で正体を知られることなく犯行をつづけていた連続殺人犯の正体を突き止め、事件を解決した。その捜査の過程で、当該殺人犯が、ホルヘ・オチョアという名の無実の男が投獄されている原因となった殺人事件もおこなっていたことを突き止めた。地区検事局内の政治状況がオチョアの即時釈放をさまたげたとき、バラードはその事件の情報をハラーに密告した。ハラーは仕事に取りかかり、派手にメディアに取り上げられた人身保護請求で、オチョアを釈放し、彼の無罪を宣言する裁判所命令を出させた。この事件で生じたマスコミの注目により、カリフォルニア、アリゾナ、ネヴァダで刑務所に収監されている受刑者たちからの手紙やコレクトコールが大量にハラーに届くようになった。そのいずれもが、自分たちの無実を訴え、ハラーの協力を懇願するものだった。ハラーは自分の事務所内に起ち上げた無実プロジェクトに寄せられた依頼の処理をボッシュに委ね、彼らの主張の最初の審査を任せた。ハラーはボッシュに経験豊かな刑事の目で門番の役割を果たしてくれることを求めた。

「あなたが調べたいそのふたりの名前だけど——ふたりとも無実だと思ってるの？」

バラードが訊いた。

「その判断を下すには時期尚早だ」ボッシュは言った。「おれの手許にあるのは、刑務所から届いた手紙だけなんだ。だけど、おれがこの仕事をはじめてから、その二通以外の依頼をすべて却下してきた。その二通のなにかが、少なくとも、もう少し調べてみる必要がある、とおれに告げている」

「つまり、勘に基づいて、あなたはその二通を調べるつもりなんだ」

「勘以上のものがある、と思う。この二通はまるで……ある意味、必死なんだ。説明は難しい。刑務所から出ようとして必死になっているのではなく……こう言っていいのなら、信じてもらおうとして必死になっている。おれはただこのふたつの事件を見てみる必要がある。その結果、ふたつともデタラメだとわかるかもしれないが」

バラードは尻ポケットから携帯電話を取りだした。

「名前は？」バラードは訊いた。

「いや、なにもさせたくない」ボッシュは言った。「そもそも、頼むべきじゃなかった」

「名前を寄越しなさい。コリーンがポッドにいるので、いますぐなにかするつもりはない。名前の付いている電子メールを自分自身に送るだけ。もしなにか掴んだら、あなたに連絡する心覚えになってくれる」

「コリーンか。あいかわらずあらゆることに首を突っこんでくるのか？」

「それほどでもない。だけど、この件で彼女になにも知られたくない」

「大丈夫か？　ひょっとしたら、超感覚かバイブレーションを感じ取って、ふたりが有罪かそうでないかおれに話してくれるかもしれないぞ。そうすれば、おれたちふたりにとって時間の大幅な節約になる」

「ハリー、それ、止めない？」

「すまん。言わずにはおれないんだ」

「彼女は遺伝子系図学の調査では、いい仕事をしてくれているの。わたしが関心があるのはそれだけ。長い目で見れば、彼女の〝バイブレーション〟を我慢するだけの価値がある」

「なるほど」

「ポッドに戻らないと。名前を教えてくれる？」

「ルシンダ・サンズ。チーノウに入っている。それからエドワード・デイル・コウルドウェル。コルコランにいる」

「コールドウェル？」

「いや、コウルドだ――コウルドウェル」

バラードは両手の親指で携帯電話に入力していた。「生年月日は？」

「ふたりとも手紙に生年月日を書き足すことを考えなかった。役に立つようなら、囚人番号は把握しているが」

「要らないわ」

バラードは携帯電話を尻ポケットに戻した。

「オーケイ、なにか摑んだら、連絡する」

「すまんな」

「だけど、これを毎度のことにしないでね、いい？」

「するもんか」

バラードは自分のコーヒーを手に取り、ドアに向かった。ボッシュが質問を投げかけて、彼女の足を止めた。

「で、だれがきみの足を引っ張ろうとしてるんだ？」

「どういう意味？」

「ダウンタウンに足を引っ張ろうとしている連中がいると言ったのはきみだぞ」

「ああ、ただのいつものくだらないこと。わたしが失敗するのを願っているやつら。責任ある立場にいる女性が気に食わないという、どこにでもいる連中」

「そうか、くたばりゃいいのに」

「ええ、くたばりゃいい。じゃあね、ハリー」

「またな」

3

ハラーから判決言い渡しが終わったとショートメッセージが届いたとき、ボッシュは裁判所近くのラ・シエネガ大通りに戻っていた。裁判所の正面に車をつける旨、ボッシュは返信した。ボッシュが裁判所の出入口のガラスドアにリンカーン・ナヴィゲーターを停めるのと同時にハラーがドアを通ってきた。ボッシュがドアの解錠ボタンを押すと、ハラーは後部ドアをあけて、座席に飛び乗った。ハラーがドアを閉めたが、ボッシュはSUVを動かさず、じっとリアビュー・ミラーでハラーを見つめた。

ハラーは腰を落ち着け、車が動いていないことに気づいた。

「オーケイ、ハリー、出ていいぞ――」

ハラーは自分のミスに気づき、ドアをあけ、降りた。前部ドアをあけ、助手席に乗りこむ。

「すまん」ハラーは言った。「習慣のなせるわざさ」

ふたりは取り決めをしていた。ボッシュがリンカーンを運転するとき、隣り合って会話ができるようにハラーには前部座席に乗るようにと、ボッシュは主張した。ボッシュは譲らなかった——刑事弁護士の運転手役になるつもりはない、たとえその弁護士が民間の医療保険の適用を受けUCLAの臨床試験に参加できるように自分を雇ってくれた、母親違いの兄弟だとしても。

適切な主張ができたことに満足して、ボッシュは縁石から車を発進させ、訊ねた。

「どこへ?」

「ウェスト・ハリウッドだ」ハラーは言った。「ローナのアパートメントへ」

ボッシュはUターンして、北へ向かえるよう、左レーンに移動した。すでに何度もローナとの打ち合わせにハラーを送り届けてきた。彼女の自宅あるいは、食事がからむときには、〈ヒューゴー〉の店へ。いわゆるリンカーン弁護士が、事務所の代わりに車で仕事をするようになってから、ローナはキングズ・ロードにある自分のコンドミニアムから事務を差配してきた。そこが業務の中心だった。

「裁判所での仕事はどうだった?」ボッシュが訊いた。

「そうだな、依頼人は法律が認める最大限の刑を負ったとでも言おうか」ハラーは言った。

「それは残念だな」

「あの判事はクソ野郎だ。判決前報告書すら読んでいないだろう」

正規警察官だったころのボッシュの経験から、判決前報告書が犯罪者に好意的ではないのが通常だったため、本件の担当判事がPSRを注意深く読めば量刑が軽くなるとハラーが考えている理由がよくわからなかった。それについてボッシュが訊ねるまえにハラーはダッシュボードの中央画面に手を伸ばし、連絡先を呼びだすと、マイクル・ハラー&アソシエッツ法律事務所のアソシエトであるジェニファー・アーロンスンへ電話をかけた。ブルートゥース・システムがその通話を車のスピーカーにつなぎ、ボッシュはその通話の双方の声を耳にした。

「ミッキー？」

「いまどこだ、ジェン？」

「自宅。市検事局から戻ってきたところ」

「どんな具合だ？」

「まだ、一ラウンド目ね。にらみ合いといったところ。だれも最初に数字を言いたがらない」

ホルヘ・オチョアの交渉でハラーがアーロンスンを信頼していることをボッシュは

知っていた。ハラー＆アソシエッツ法律事務所は、オチョアの不当な有罪判決と投獄に関し、ロサンジェルス市とロス市警に対する訴えを起こしていた。市と市警は、州法に基づいて、そのような件における金銭的和解の上限額が設けられることで守られていたが、本件のお粗末でおそらくは不正な取り扱いという側面は、ほかの制裁金をオチョアが求めることを可能にしていた。市側は、そうなることを和解によって食い止めたがっていた。

「現状を維持しろ」ハラーは言った。「連中は払うはずだ」

「そう期待しています」アーロンスンは言った。「空港はどうでした？」

「被告は最大限の量刑を下された。判事はたぶん幼少期のトラウマに関する資料に目もくれなかったんだろう。おれはそれを持ちだそうとしたが、判事は窓を閉ざした。依頼人が被害者たちをだますつもりはまったくなかったと判事に伝えて、慈悲を乞うたが、うまくいかなかった。そして依頼人は娑婆からおさらばだ。控訴しないなら、たぶん七年は刑期を過ごすだろう」

「あなた以外に彼を擁護してくれる人はいなかったの？」

「おれだけだ」

「依頼人の息子はどうしたの？　証言させるのだと思っていたけど」

「姿を現さなかった。とにかく、先をつづける。三十分後にローナと膝をつきあわせて、予定の確認をする。きみは同席したいか？」

「できません。なにかお腹に入れようとして、いま帰ってきたところ。きょう、アンソニーと面会するため、シルマーにいくと姉に約束したの」

「わかった。まあ、その件がうまくいくように祈るよ。おれが手を貸せるなら、連絡してくれ」

「ありがと。ハリー・ボッシュといっしょにいるの？」

「隣に座ってるよ」

ハラーはボッシュを見て、まるで先ほど後部座席に飛び乗ったことを埋め合わせするかのようにうなずいた。

「スピーカーにしてる？」アーロンスンが訊いた。「彼と話ができる？」

「もちろん、できる」ハラーは言った。「どうぞ」

ハラーはボッシュを指し示した。

「そっちの出番だ」

「ハリー、刑事弁護の仕事をしないことで一線を引いているのはわかってる」アーロンスンは言った。

ボッシュはうなずいたが、相手にその仕草は見えないことに気づいた。

「そのとおりだ」ボッシュは言った。

「あの、ある事件を見てくれるだけでいいのだけど」アーロンスンは言った。「調査仕事じゃない。地区検事局から手に入れたものを見てくれるだけでいい」

ボッシュは郡北部を管轄とするメインの未成年矯正センターがサンフェルナンド・ヴァレー地区のシルマーにあるのを知っていた。

「少年事件なのか？」ボッシュは訊いた。

「ええ、姉の息子なの」アーロンスンは言った。「アンソニー・マーカス。十六歳なんだけど、成人として裁かれようとしている。来週審問が予定されていて、わたしは切羽詰まっているの、ハリー。その子を助けなきゃならない」

「罪状はなんだ？」

「彼が警官を撃ったと言われているのだけど、そんなことをするような性格じゃないの」

「どこで？　どの捜査機関だ？」

「ロス市警。ウェスト・ヴァレー分署の事件。ウッドランド・ヒルズで起こった」

「生きているのか、死んだのか？　その警官は？」

「生きている。脚かどこかを撃たれただけ。だけど、アンソニーはそんなことをするはずがなく、自分でもやってないとわたしに言った。自分じゃないので、ほかに発砲した人間がいたはずだ、と本人は言ってる」

ボッシュはダッシュボード画面に手をのばし、ミュート・ボタンを押した。ハラーを見やる。

「ふざけてるのか？」ボッシュは言った。「ロス市警の警官を撃ったガキのためにおれを働かせたいのか？　法執行官(LEO)を撃ってチーノウに服役している女性の事件を見ているところなんだぞ。このせいでおれがどんな目に遭うか、わかっているのか？」

「もしもし？」アーロンスンが言った。「聞こえてる？」

「その事件を担当してくれとおれは頼んでいないよ」ハラーは言った。「頼んでいるのは、彼女だ。彼女が求めているのは、手持ちのファイルを見てくれというだけだ。それだけさ。報告書を読んで、あんたが考えていることを話してくれ。それで、用は済む。その事件に縛りつけられることはないだろうし、だれもあんたの関わりを知ることはない」

「だけど、おれが知るんだ」ボッシュは言った。

「もしもし？」アーロンスンが繰り返した。

ボッシュは首を横に振り、通話のミュートを解除した。

「すまん」ボッシュは言った。「少しのあいだ電波がつながらなかったようだ。どんな種類の書類を持ってるんだね？」

「そうね、捜査員の時系列記録がある」アーロンスンは言った。「それに事件報告書と撃たれた警官の医療報告書がある。証拠報告書もあるけど、実際にはそこにはなにも記されていない。きょう、担当検察官に電話をかけて、いつ次の開示があるか確かめるつもりだった。だけど、言いたいのは、なにかがおかしいとわたしが思っているということなの。あの子が生まれてからずっと知っているのだけど、暴力的な子じゃない。とても優しい子なの。彼は――」

「証人の報告書はあるのか？」ボッシュは訊いた。

「えーっと、いいえ、証人はいない」アーロンスンは答えた。「基本的に、警察が言っていることに異を唱えているのは、あの子の証言なの」

ボッシュは黙った。近くに寄りたくないたぐいの事件のようだった。ハラーが沈黙を破った。

「ちょっといいかな、ジェニファー」ハラーは言った。「入手したものをローナにメールで送り、印刷するよう伝えてくれ。ハリーが三十分後にそれを読んでくれるだろう。われわれはローナの住まいに向かっているところなんだ」

ハラーはボッシュを見た。

「きみがノーと言わないかぎりな」ハラーは言った。

ボッシュはゆっくりと首を振った。これは契約にサインした内容の行為ではない。おのれの職業人としての人生の最後の行為が犯罪者を助けることにしたくはなかった。ハラーが言う、干し草のなかから一本の針を見つける作業（ヘイスタック・ワーク）は、重要なものだった。多くの有罪判決を受けた者のなかに無実の者を見つけることは、不完全であるとじかに知っている制度にチェックを入れることだとボッシュは感じた。だが、訴追を受けている者の弁護に協力するのは、ボッシュの心のなかでは別物だった。

「見てみる」ボッシュは渋々そう言った。「だけど、もし追加の作業が必要になったら、それについてはシスコに頼んでもらわねばならない」

デニス・〝シスコ〟・ヴォイチェホフスキーは、ハラー&アソシエッツ法律事務所の長年の調査員であり——ローナ・テイラーの夫だった。

「ありがとう、ハリー」アーロンスンは言った。「目を通す機会があり次第、連絡してちょうだい」

「わかった」ボッシュは言った。「きみのお姉さんは子どもの面会になぜきみをいかせたがっているんだ?」

「なぜなら、姉の話では、息子がうまくやれていないそうなので」アーロンスンは言った。「あそこのほかの子どもたちにいじめられているそうなの。もしわたしがあの子といっしょに一時間座っていられたら、あの子にとって、怖がらなくて済む一時間になる」

「わかった、じゃあ、手に入り次第ファイルの資料を見てみるよ」ボッシュは言った。

「ありがとう、ハリー」アーロンスンはまた礼を言った。「ほんとにほんとに感謝してる」

「きみの側でほかになにかあるかい、ジェニファー?」ハラーが訊いた。

「いえ、いま言ったことだけ」アーロンスンは答えた。

「市検事局と次に会うのはいつだ?」ハラーは訊いた。

「あしたの午後」アーロンスンが答える。

「けっこう」ハラーは言った。「プレッシャーをかけつづけてくれ。そのあとで話をしよう」

ハラーは通話を切り、ふたりはしばらく黙って車を進めた。ボッシュは不機嫌になり、それを隠そうとしなかった。

「ハリー、ファイルを見て、なにも成果はない、と彼女に言うだけでいいんだ」ハラーは言った。「彼女はあの事件に入れこんで、感情的になりすぎている。学んでもらわないと——」

「ジェニファーが入れこんでいるのはわかる」ボッシュは言った。「おれは彼女を非難していない。だが、いま起こっていることは、起こってほしくないとまさにきみに言ってたことだぞ。もう一度こんなことがあれば、おれは手を引く。いいな？」

「了解した」ハラーは言った。

ウェスト・ハリウッドには予定より早く着いた。アーロンスンとの電話のあと、車内に重たい沈黙が下りていたことはボッシュにとってありがたかった。ボッシュはサンタモニカ大通りからキングズ・ロードに入り、南へ二ブロック分進んだ。ハラーはもうすぐ到着するとローナにショートメッセージを送っており、ローナはファイルを手に、道路脇の駐禁エリアに立って待っていた。ナヴィゲーターの窓はスモークガラスになっていた。ボッシュが道路脇に車を寄せて停めると、ローナは縁石を離れ、SUVのうしろにまわりこんで、ボッシュのうしろの座席に乗りこんだ。

「あら」ローナはハラーに言った。「いつもの席にいると思ってたのに」

「ハリーが運転しているときは別だ」ハラーは言った。「ジェニファーから受け取ったものをプリントアウトしてくれたかい？」

「ここにある」

「それをハリーに渡してくれ。おれが後部座席に移ってきみと話すあいだに、彼が読めるように」

ボッシュはファイルを手渡された。ボッシュはファイルをひらき、後部座席でハラーが出廷予定やほかの事件関連の用事に関してローナとはじめた会話を閉めだそうとした。ボッシュの出発点は、事件報告書だった。

少年の名前はアンソニー・マーカスだった。彼はシルマーにある未成年矯正センターで十七回目の誕生日を迎えようとしていた。アンソニーは、カイル・デクスターという名のパトロール警官を相手の銃で撃った廉で訴えられていた。報告書によると、デクスターと彼のパートナーであるイヴォンヌ・ギャリティは、ウッドランド・ヒルズのカリファ・ストリートにある住宅の住人からの泥棒が入ったという通報に応じて出動していた。到着すると、ふたりはその家の外側を調べ、後方にあるプールデッキの引き戸があいていることに気づいた。ふたりは応援を要請したが、ほかの警察官が到着するまえに、デクスターは黒い服装をした人間が家から走り出て、プールの奥のりるのを目にした。デクスターはギャラリティに、自分は逃げていく人物を追うので、パトカーを取りにいくよう伝えた。デクスターは壁を乗り越え、追いかけた。その追走は数ブロック分つづき、デクスターが容疑者をヴァレリー・アヴェニューの角を曲がるところまで追いかけて終わった。容疑者は追跡者を撒いたと思ったようで、立ち止まり、デクスターは角を曲がったところで、容疑者と出くわした。デクスターは銃を抜き、容疑者に、ひざまずいて、両手の指を頭のうしろで組め、と命じた。容疑者はその指示に従い、一方、デクスターは無線でパートナーと応援警官たちに自分の居場所を伝えた。デクスターが容疑者に手錠をかけようと近づいていったとき、揉み合いが発生し、デクスターは撃たれた。すると、容疑者は逃げていったが、デクスターからの警官負傷という通報に応じたほかの警察官たちによってすぐに捕まった。

容疑者は逮捕され、アンソニー・マーカスであると確認された。アンソニーは住居に盗みに入ったことや、警察から逃げたことを否認した。近くにある自宅からこっそり出て、秘密の逢瀬のためガールフレンドの家に歩いていたところデクスターとばったり出会った、とアンソニーは主張した。彼はまた、デクスターを撃ったことを否認したが、発砲があり、デクスターが倒れたあとで現場から逃亡したのは認めた。なにが起こっているのか、だれが撃ってきたのかわからなかったからだという話だった。

ボッシュは報告書を二度読み、携帯電話でＧｏｏｇｌｅマップを呼びだした。地図と逃走ルートのストリート写真を見て、報告書に記されている詳細と比較した。それによって、方向や地形、追跡の距離についてより深い理解を得られた。次にボッシュは、警察官による武力行使調査課（フォース・インヴェスティゲーション・ディヴィジョン）がまとめた医療報告書に移った。ＦＩＤは、警官がらみのすべての発砲事件を扱っており、それには警察官が被害者である事件も含まれていた。医療報告書では、デクスターはおなじ銃弾で二ヵ所負傷しており、その銃弾は右ふくらはぎの外側を下向きにかすめて、靴と足を貫通していた。デクスターはワーナー医療センターのＥＲで処置を受け、退院していた。

後部座席でハラーがローナに、中国製フェンタニルを密売していた廉で訴追されている見込み客の依頼を断るよう伝えているのが聞こえた。その相手はリンカーン弁護士の弁護に対して十万ドルの着手金を払うつもりでいたのだが。

「フェンタニルはおれの搭乗拒否リストに載っている」ハラーは言った。「断ると伝えてくれ」

「わかってる」ローナが言った。「ただ、先方がそれだけの着手金を申し出たことを知りたいかな、と思っただけ」

「殺しの報酬よりもひどいものだ。次」

ローナは次の案件についてハラーに話した——依頼人候補は、ジョン・レノンのサインが入っていたと本人が主張しているギターを売った詐欺罪で訴えられていた。買い手は、取引終了後に、そのギターがレノンの死んだあとで贋造(がんぞう)されたものであり、レノンがサインをできるわけがないことに気づいた。被告は、オンラインのロックンロール関係の記念品ディーラーで、地区検事局は、ジミ・ヘンドリックスやカート・コバーンのようないまでは故人となっているロック・スターがサインしたとされるギターの過去の販売記録を見直していた。

ハラーはローナに、その案件を引き受けるが、着手金として二万五千ドルを前払いしてもらう必要がある、と告げた。

「それが問題になると思うか？」ハラーが訊いた。

「確かめてみて、連絡する」ローナが答えた。

ボッシュはマーカス事件の報告書を読むことに戻った。ＦＩＤ捜査員がおこなった捜査手順をあますところなく記載した短い記入で構成される捜査時系列記録があった。最新の入力のひとつは、捜査員たちがカリファ・ストリートの住居で指紋採取技官とあったときの記録だった。これは彼らがマーカスを侵入事件と結びつけようとしていることを意味しているのだ、とボッシュは経験からわかった。そもそもその侵入事件からすべてが発生しているのだ。もしその家とマーカスを結びつけることができれば、デクスターとギャリティが逃走するのを目撃した窃盗犯がマーカスではないという弁護側がおそらくやってくる主張に蓋をできる。時系列記録は、指紋技官が見つけたものについて、仮になにかあったとしてもなにも記していなかった。

報告書のなかに、逮捕後、マーカスから押収された所持品リストと、着衣の説明が含まれていた。マーカスはブルージーンズと黒のナイキ、南カリフォルニア大(USC)のフーディーと説明されているものを着用していた。ポケットには、自宅の鍵、コンドームの袋、ミント・タブレットが入っていた。容疑者に対しておこなわれた発射残渣(ざんさ)検査のラボ報告書もあった。両手およびフーディーの右袖の発射残渣(GSR)は、陽性だった。

一式のなかに入っていた最後の報告書は、事件の最中にデクスターとギャリティが交わしていた無線のやりとりを書き起こしたものだった。最初に書かれているのは、応援要請をするギャリティの第一報で、つづいて彼女が、逃走する容疑者がひとりいて、黒っぽいズボンと黒っぽいフーディーを着ているという服装に関する情報を伝えるものだった。しばらくしてデクスターが発した助けを求める無線にボッシュは注意を向け、デクスターが自分の居場所と容疑者を拘束したことを伝える通報から、警察官が撃たれたという通報までのあいだに八秒しか経過していないと書き起こしが示していることに注目した。

一時四十三分二十三秒　**デクスター巡査**　ヴァレー・サークルの西、ヴァレリーで容疑者コード4

一時四十三分三十一秒　**デクスター巡査**　警察官撃たれた、警察官撃たれた……

一時四十三分三十六秒　**デクスター巡査**　あいつがおれを撃った。あいつがおれを撃った……

一時四十三分四十二秒　**デクスター巡査**　容疑者GOA、ヴァレリーを西に。マルーン色のUSCフーディー

ファイルのなかの書類すべてに目を通し終え、ボッシュは、この発砲事件でなにが起こったかについて、あるはっきりとした考えを抱いた。リアビュー・ミラーを確認する。ハラーとローナは、法的サービスに対してまだ支払いをしていない依頼人たちの話をしていた。ふたつの別々の会話をするには、ここは狭すぎた。

「外に出て、ジェニファーに電話をかける」ボッシュは言った。

「ありがとう、ハリー」ハラーは言った。

4

　ボッシュはナヴィゲーターのボンネットにマーカス事件の報告書が入っているファイルを置くと、アーロンスンに電話をかけた。彼女はすぐに出た。

「ハリー、わたしはいま矯正センターでアンソニーの面会待ちなの。いつ案内されるかわからない」

「オーケイ、呼ばれたらそのときはあとで電話してくれ。マーカスの事件できみが送ってくれた記録類を見た」

「ほんとにありがとう。なにか気がついた？」

「まず、いいかな、この件におれの名前をからめないでほしい。その点について、はっきりしてるな？　おれがきみになにを話そうとも、そこにはおれは含まれていない。いいだろうか？」

「もちろん。すでにそれについては同意したわ。この電話以上のことにはならない」

ボッシュは相手を信用すべきかどうか判断しようと、しばらく黙った。

「聞こえてる？」アーロンスンが訊いた。

「ああ、聞こえている」ボッシュは言った。「さて、開示資料に追加があるかどうか確かめるため、検察官に連絡するつもりだときみは言ってた。連絡したのか？」

「えーっと、いいえ、まだ」

「そうか。時系列記録には、きみの依頼人が侵入したとされる家に指紋技官を呼んだと書かれている」

「あの子は入っていないと言ってる」

「なるほど。だが、時系列記録には、技官が見つけたものが書かれていない。家のなかできみの依頼人の指紋をさがしていたのは明白だ。それが見つかれば、家宅侵入ときみの依頼人を結びつけ、当初の供述のはっきりした虚偽を暴くことになる。ゆえに、きみは指紋担当者が見つけたものに関する報告書を入手する必要がある。もし見つけたものがあるならば」

「わかった、取り組んでみる。ほかになにかあった？」

「この一連の動きがあった地域のＧｏｏｇｌｅマップを見てみた。ヴァレー・サークル大通りとヴァレリー・アヴェニューの角にある家には敷地境界線代わりの生垣が備わっている」

「オーケイ。それはどういう意味があるの？」

「そうだな、デクスターは侵入容疑者を追ってヴァレー・サークル大通りを進んでいったところ、相手は左に曲がってヴァレリー・アヴェニューに入った。生垣のせいで、デクスターは容疑者の姿を見失ったはずだ」

「そのことは、自分はデクスターの追いかけていた侵入犯じゃないというアンソニーの主張を裏付ける」

「ああ、その可能性はある」

「いい情報だわ。だけど、不法侵入はいまのところわたしたちの抱えている問題のなかで一番小さなものなの。彼らがあの子のことで狙っているのは、発砲なの。ほかになにかあなたは気づいた？」

「所持品報告書だ。アンソニーはポケットにコンドームと口臭予防のミント、家の鍵を入れていた」

「それはもちろんあの子の証言を裏付ける。警察の見立てではなく」

「だけど、彼が持っていなかったものが重要なんだ。侵入用の工具はなく、手袋もない。証拠報告書にも手袋は入っていなかった。だからこそ、彼らは家に指紋技官を派遺したんだ。もし彼が手袋をしていなかったら、その家には彼の指紋が見つかってしかるべきだ。そして、指紋が見つからなければ……」

「すばらしいわ、ハリー。地区検事局にいったとき最初にそれを訊いてみる」

「ここにある無線の書き起こしも重要だ。追跡がはじまったとき、デクスターのパートナーのギャリティは、追いかけている相手の特徴を伝えている。容疑者は黒っぽい服装の白人男性だ、と彼女は言っている。そして撃たれたあとでデクスターは無線で、容疑者がＧＯＡで、ＵＳＣのフーディーを着ていると伝えた」

「ＧＯＡ？」

「警察の隠語で、現着時不在（ゴーン・オン・アライヴァル）の略だ。容疑者が逃げたという意味だ。だが、重要なのは、フーディーだ。ＵＳＣのフーディーは、通常、マルーン色の生地に金文字が入っている。どうしてギャリティは最初に容疑者を見たときにＵＳＣの部分を見逃したんだ？」

「容疑者が警官たちに背を向けていたので、見えなかったかもしれない」

「そうかもしれない。だけど、それがひとつの矛盾点だ。もうひとつの矛盾点は、家のなかに指紋がなかった場合だ」

「わかった。それはいいはじまりになるわ、ハリー。その点について取り組めると思う。ほかになにかある？」

　ボッシュはためらった。警察の報告書にはもっと重要な矛盾点があり、おそらくはヴァレリー・アヴェニューでその夜起こったもっと悪質なことである可能性がある、とボッシュは信じていた。だが、どういうわけか、その情報を刑事弁護士に伝えることに罪悪感を覚えてしまうのだ。すると、アーロンスンは、ボッシュがもっとも答えを差し控えている質問をしてきた。

「じゃあ、だれがデクスターを撃ったのかしら？」アーロンスンは言った。「本物の侵入犯が背後からやってきたとかなにかしたと思う？　アンソニーは、だれもほかの人間は見ていないと言ってるわ」

「いや、そういうことは起こらなかったと思う」ボッシュは言った。「本物の侵入犯は、おそらく、家と家のあいだを横切り、安全になるまで裏庭で隠れていたんだろう」

「じゃあ、なにがあったの？　報告書には、アンソニーの手に発射残渣が付いていたと書かれている」

「GSRは説明可能だ。デクスターが自分を撃ち、失職せずに済むようアンソニーに責任を押しつけた可能性があると思う」

「ハリー、あなたってすっごい天才ね」

「弁護戦略の一種としてこの話をしているんじゃない。報告書に基づいて、それが起こりえたと思うんだ」

「オーケイ」アーロンスンは言った。彼女の口調は真剣そのものになった。「説明してちょうだい」

「いいか、念押しするが、こういうことが起こったと言ってるんじゃないぞ、オーケイ？」ボッシュは言った。「なにが起こったのか、おれにはわからない。だけど、ドジな警官が自分を撃ってしまい、他人にその責任をなすりつけようとしたのは、それが最初じゃないんだ。もし偶然自分を誤射したことを認めたなら、市警のなかではもうおしまいだ。新しい仕事をさがしたほうがいい」

「なるほど。なにが起こりえたのか具体的に説明してくれたら、そこから先はわたしが引き受けます」

「デクスターが銃を抜き、アンソニーに狙いをつけたというのは、アンソニーの証言からわかっている。アドレナリンが燃料を投じた追跡劇であり、逮捕だ。アンソニーに近づくまえにデクスターは相手にひざまずかせ、頭のうしろで指を組ませた。そのあと、正規の手続きでは、片手で容疑者の手首を摑んで押さえたまま、反対の手で銃をホルスターに収めることになっている。そのあとで、容疑者に手錠をかける。無線を書き起こしたものによれば、デクスターは、容疑者がコード4だと言っている。つまり、拘束したという意味だ。そしてそれから八秒後、警官が撃たれた通報をしている」

「ああ、なんてこと、デクスターは自分を撃ったんだ！」

アーロンスンは、姉の子どもを成功裡に弁護する道筋がひらけて、嬉しそうと言えるくらいの返事をした。

「なにが起こったのか、おれにはわからない」ボッシュは言った。「それはきみも同様だ。だが、ふたつ指摘できる。第一に、アンソニーがあとで逮捕されたとき、デクスターの手錠が彼の手首にははまっていなかった。ということは、なにがあったにせよ、デクスターがアンソニーに手錠をかけてしまうまえに起こったんだ。次に銃弾が発射されたときの弾道がわかっている」

「下向きに足を貫通した」アーロンスンは言った。

「右のふくらはぎの外側を傷つけたあとでだ。下向きの弾道であったことはまちがいない。きみが確認しなければならないのは、デクスターが右利きで、武器を右側のホルスターに収めたかどうかだ。つまり、ホルスターに銃を収めようとして意図せず発砲してしまったことを意味しうる。いいか、これは緊張感が高く、アドレナリンがあふれていた瞬間なんだ。以前にも起こったことがある」

「そして自分のヘマを隠蔽するため、十六歳の少年を刑務所に送りこもうとする」

「ひょっとしたらな。きみが手に入れた資料には、デクスターがロス市警にどれだけ勤務していたかを告げる情報はいっさい入っていない。おれの推測では、あまり長い経験はないと思う。暴発は、通常、新米のミスだ。そのことがアンソニーに付着していたGSRも説明できるだろう。アンソニーはひざまずく姿勢を取っており、両手を頭のうしろで組み、デクスターがまうしろにいた。デクスターの身長によるが、その位置だと、アンソニーの両手と右腕は、銃の右手での発砲に近くなる」

「ああ、なんてこと……きょうじゅうにその情報を全部摑んでみせるわ」

「まあ、きみがそのように見るとしたら、ＦＩＤもたぶんおなじように見ていることを忘れないように。指紋の報告書は重要だ」

「ハリー、感謝してもしきれないくらい」

「この件におれの名前が出ないようにすることで感謝の気持ちを表してくれ」

「心配にはおよばない。あなたの名前は絶対に出さない。だけど、もういかないと。アンソニーを弁護士依頼人面会室に入れたと合図があった」

「わかった、幸運を」

アーロンスンは電話を切った。ボッシュはボンネットからファイルを手に取り、ナヴィゲーターの運転席に戻った。ハラーとローナは事件関係の話を終えたらしく、ハラーの娘、ヘイリーを話題にする雑談をかわしていた。ヘイリーは、USCのロースクールを卒業したあと、司法試験の勉強をしているところだった。

「事務所の名前をハラー・ハラー＆アソシエッツ法律事務所に替えなきゃならなくなるわね」ローナは言った。

「刑法の道に進みたいとは思っていないんじゃないかな」ハラーは言った。「ヘイリーは環境法を専門にしており、地球を救うために役立ちたいと願っている」

「志（こころざし）はすばらしいけど、死ぬほど退屈そう」

「自分なりのやり方を見つけるだろうさ」

「わかった、男子諸君、わたしはここで出ていきます。ミッキー、ギター詐欺の件で進展があれば連絡する。着手金を払ってくれればいいね」

「そう願いたい」

ボッシュはローナが車を降りるためドアのハンドルを引く音を耳にした。

「ちょっと待ってくれ」ボッシュは言った。

ボッシュはローナがドアをあけて通り過ぎる車にぶつけたりしないのを確かめようとサイドミラーをチェックした。

「オーケイ、降りていいぞ」ボッシュは言った。

「ありがと、ハリー」ローナは返事をした。

ローナは車を降り、ドアを閉めた。

「車を降りて、ローナのためにドアをあけてやろうとすると、あんたは死ぬのか？」ハラーが訊いた。

「たぶん死なないな」ボッシュは答えた。「おれの悪いところだ。これからどこへいく？」

「店じまいだ」ハラーは言った。「きょうの仕事は済んだ。家まで送ってくれ」

ボッシュはダッシュボードの時計を確認した。まだ午後二時にもなっておらず、早めの仕事終わりだった。ボッシュは車を始動させなかった。待っていると、すぐにハラーが理由に気づいた。

「ああ、そうだった」ハラーは言った。

ハラーは車を降り、次に前部座席に乗り直し、アンソニー・マーカスのファイルをダッシュボードに移動させた。

「この事件でなにかわかったかい?」ハラーは訊いた。「さっきかけていた電話であんたのほうがもっぱら話していたようだが」

「まあな」ボッシュは言った。「言うなれば、ジェニファーに道筋をつけてやったんだ」

「うん、それはいい。そうせざるをえなかったことで、魂が曇らなければいいんだがな」

「少し曇った。だが、対処する。いいか、これは一回こっきりだ、ミック。簡単なものだった。だけど、干し草の山作業に戻るよ」

「それこそまさにあんたを必要としている仕事だ。針を見つけてくれ」

ボッシュはサイドミラーを確認して、縁石から車を発進させ、ハラーの自宅に向かった。二、三分、沈黙がつづいたあとで、ボッシュは口をひらいた。

「オチョア事件がらみの市検事局との交渉で、いくら稼ぐつもりなんだ?」

「まあ、その手の案件ではすべてスライド料金が適用されるんだ。最初の百万ドルに関しては、二十五パーセントの取り分が標準で、それ以上の金額になると三十三パーセントになる。たいていの弁護士は、最初から最後まで一律三分の一かそれ以上のレートだ。おれの場合は、取り分は小切手の額が大きくなったときにだけ、増える」

「今回みたいな劇的な成功案件(スラムダンク)の場合は、悪くない取り分だな」

「けっして見かけほど簡単ではない」

「だけど、この干し草の山作業で、第二段階レベルの支払いを目指してやっているんじゃないだろ？」

「前置き段階でやってる仕事は厳密に無償(プロボノ)だ。もしだれかを刑務所から釈放させることができれば、通常のレートでその損害賠償請求の代理人をおれは喜んで務める。だけど、それは絵に描いた餅の金だよ。たいていの場合、賠償額は州によって上限が定められている。だから、どこかの時点で金になるかもしれない、確かに。だけど、これは金を稼げるオペレーションではないんだ。おれがローナと案件について話し合っているのはなぜだと思う？　車に入れるガソリンが必要だ。あんたが干し草の山に取り組めるよう、金を払ってくれる案件が必要なんだ」

「たんに確認したかったんだ、それだけさ」

「まあ、これでわかっただろ。おれがオチョアとかわした取り決めは、手紙が舞いこみはじめるまえにおこなったものであり、無実の人を救うおれのささやかなプロジェクトをはじめるよう助言してくれたのはヘイリーだ。唯一の違いは、本物の無実の人(イノセンス)を救うプロジェクトは、その大義のために寄付を募っている。おれは寄付を募ってない」

「わかった」

それからふたりは口を閉じ、ボッシュはフェアホルムの丘をのぼりはじめた。ハラーの自宅のまえを通り過ぎ、坂の頂上で回れ右をすると、坂を下り、ハラーの家の玄関ドアに通じる階段近くの縁石に車を停めた。

ふたりとも車を降りた。

「ありがとう、ハリー」ハラーは言った。

「これからどうするんだ？」ボッシュが訊いた。

「そうだな、こんなふうに半日オフになるのは数ヵ月ぶりだ。無駄にしたくない。ウィルシャーにいって、ゴルフの練習をするかもしれない」

「ゴルフをやるのか？」

「レッスンを受けている」

「ウィルシャーのメンバーなのか？」

「数ヵ月まえにメンバーになった」

「そりゃよかったな」

「どういう意味だ、その口調は？」

「他意はない。クラブに入れてよかったなというだけの意味だ。その資格はある」

「すでにメンバーになっている公選弁護人局の友人がいたんだ。そいつがおれの推薦人になってくれた」

「よかったな」

「午後、そっちはなにをするんだ？」

「わからん。たぶん昼寝かな」

「そうすべきだ」

　ボッシュはリンカーンのキーをハラーに手渡し、チェロキーを駐めているところまで通りを下りはじめた。ハラーがボッシュの背中に声をかけた。

「新しい車はどうだい？」ハラーが訊いた。

「気に入ってるよ」ボッシュは答えた。「まえの車がまだ恋しいが」

「それでこそボッシュだ」

　ボッシュはいまのがなにを言ってるのか、定かではなかった。昨年、バラードとともにおこなっていた捜査の最中に衝突事故で失った車に替わる、一九九四年製のジープ・チェロキーを見つけて、購入した。この新しい中古車は、元の車より走行距離が少なく、サスペンションがましだった。新しいタイヤをつけ最近塗り直された状態でやってきた。ナヴィゲーターのようなベルやらホイッスルやらはついていなかったが、ボッシュを自宅に届けるには十分いい車だった。

5

長めの午睡（ひるね）から目覚めると、ボッシュは携帯電話を確認し、一連のショートメッセージを見逃していることに気づいた——娘とバラードとアーロンスン、そして〈カタリナ・バー&グリル〉のバーテンダーから届いたメッセージを読む。起き上がり、顔を洗って、ダイニングルームに向かう。そこのテーブルをずいぶんまえに作業机として使うようになっていた。レコードプレイヤーのそばにある棚で立ち止まり、レコード・コレクションをぱらぱらとめくっていき、母親が気に入っていた一枚である古いレコードを抜き取った。母が亡くなる一年まえ、一九六〇年にリリースされたそのアルバムは新品同様の状態に維持されていた。ボッシュの長年にわたる扱いは、そのレコードを録音したアーティストだけでなく、母への敬意に裏付けられたものだった。

ボッシュは『イントロデューシング・ウェイン・ショーター』の二曲目に慎重に針を落とした。アート・ブレイキーのジャズ・メッセンジャーズから離れて、リーダーとしてはじめてアルバムを録音したショーターは、そのあとしばらくしてマイルス・デイヴィスとハービー・ハンコックの横でテナー・サックスを吹くようになる。〈カタリナ〉のテオから届いたボッシュ宛のメッセージでは、ショーターが亡くなったと伝えていた（ウェイン・ショーターは、二〇二三年三月二日死去。享年八十九）。

ボッシュはスピーカーのまえに立ち、二曲目でのショーターの動きに耳を傾けた。彼の息遣い、彼の運指のすべてがそこにあった。この音をはじめて聴いてから六十年以上が経過しているのに、ショーターの死の知らせは、いまでもボッシュにとって大きな意味を持つこの曲の思い出を浮かび上がらせた。曲が終わると、ボッシュは慎重にアームを持ち上げ、曲のはじめに戻し、ふたたび「ハリーズ・ラスト・スタンド」を再生した。そのあと、ボッシュは仕事に戻るため、テーブルに移動した。

マディのメッセージは短く、父親の様子の毎日の確認だった。あとで電話を入れて返事をすることにする。バラードは、電子メールを送ったことを告げるメッセージ内容だった。ボッシュがパソコンにログインしたところ、五年まえのロサンジェルス・タイムズの二本の記事へのリンクを送ってきたのがわかった。ボッシュは時系列に沿って記事を読みはじめた。

元妻、ヒーローの保安官補殺害で起訴される
（タイムズ紙記者　スコット・アンダースン）

銃火に勇敢に立ち向かったことで表彰されたロサンジェルス郡保安官補の元妻が、クォーツ・ヒルで家庭争議ののち、夫を殺害した罪で起訴された。

月曜日、ルシンダ・サンズ（三十三歳）は、元夫のロベルト・サンズ（三十五歳）がこの元夫婦が幼い息子とともに暮らしていた家の正面芝生を横切っていたところ、その背中を撃って殺害したとして、第一級謀殺罪で起訴された。保安官事務所の捜査員によると、この元夫婦は、直前に激しい言い争いをしていたという。ルシンダ・サンズは、現在、保釈金五百万ドルを課せられ、郡拘置所で勾留中である。

殺人事件捜査員の話では、殺害はクォーツ・ヒル・ロード四五〇〇番ブロックで日曜日の午後八時ごろに起こった。ロベルト・サンズが元夫婦の親権取り決めの一部である週末の面会を済ませ、元妻の家へ息子を連れ戻したすぐあとのことだった。ダラス・キント巡査部長によると、ふたりの大人は家のなかで言い争い、ロベルト・サンズは正面ドアから外に出た。そのすぐあと、ロベルトが通りに停めていたピックアップ・トラックに向かって芝生を横切っていたところ、背中を二度撃たれた。

ロベルト・サンズは非番だったため、銃撃を受けたときに防弾ベストを着ていなかった。

「こんなことになって残念でなりません」とキント巡査部長は語った。「ロベルトは、地域社会を守るため、屋外で勤務しているとき、頻繁に脅威にさらされていました。究極の脅威が家族のなかからもたらされたのは、痛ましいです。彼は同僚の保安官補たちからとても慕われていました」

ロベルト・サンズは、保安官事務所アンテロープ・ヴァレー分所に配属されているギャング制圧チームの一員だった。そのまえは、刑務所課に勤務していた。一年まえ、サンズが〈フリップス〉ハンバーガー・スタンドに立ち寄ったときにランカスター・ギャングのメンバーに襲われ、銃撃戦がおこなわれたあとで、ティム・アッシュランド保安官は、サンズを称(たた)え、保安官事務所勇敢勲章を授与した。その銃撃戦で、サンズは無傷だったが、ギャング・メンバーのひとりが撃たれて死亡し、もうひとりが負傷した。ほかの二名の発砲犯は逃亡し、身元は明らかになっていない。

ボッシュはその記事を読み返した。クォーツ・ヒルは、ロサンジェルス郡の広大な北東部に位置しているパームデールという名の郊外の街のさらに郊外にあった。かつては砂漠の小さな町だったが、ランカスターにある最寄りの似たような小さな町とおなじく、今世紀になってからロサンジェルスの住宅価格が爆上がりし、何千人もの人が入手可能な価格の住宅を求めて、郡の遠く離れた地域に殺到したことで、急激な人口増を経験していた。パームデールとランカスターは、大きくなり、砂漠のミニ大都市に変貌し、都会生活に伴うあらゆる問題を抱えることになった。それにはギャングと麻薬も含まれていた。保安官事務所は、そこで手一杯になっていた。

クォーツ・ヒルは、パームデールとランカスターの隣に位置していた。ボッシュは過去に事件がらみでその街に何度かいったことがあり、転がり草(タンブルウィード)と砂が吹きつける通りを覚えていた。いまではそういうのがすっかり変わっているかもしれない、と予想する。

ボッシュはバラードの仕事に感心した。法執行機関のコンピュータから事件の内容を送って、仕事を失うリスクを冒すのではなく、事件を調べ、だれでも入手できる新聞記事のリンクを見つけたのだ。実を言えば、バラードのところにいくまえに、ロサンジェルス・タイムズでルシンダ・サンズの名前を検索することを思いつかなかった自分に腹が立った。

ボッシュは二番目のリンクをクリックし、サンズ事件のもうひとつの記事をダウンロードした。最初の記事の九ヵ月後に掲載されたものだった。

ヒーローの保安官補を殺害した元妻に有罪判決

（タイムズ記者　スコット・アンダースン）

その勇敢さに勲章を与えられたロサンジェルス郡保安官事務所保安官補の元妻が、木曜日に、幼い息子の親権取り決めを巡る争いの果てに元夫を殺したことで、投獄される判決を受けた。

ルシンダ・サンズ（三十四歳）は、ロサンジェルス上級裁判所において、故殺の単一訴因に不抗争の答弁を選択した。答弁取引の結果、ルシンダは、アダム・キャッスル判事から服役十一年の判決を受けた。

ルシンダは、ロベルト・サンズ殺害に関してみずからの無罪を主張してきた。ロベルトは、元妻と息子が暮らしているクォーツ・ヒルの家を立ち去ろうとしていたとき、背中を二度銃で撃たれた。彼はその家の前方の芝生で死亡した。息子は父親の殺害を目撃していない。

被告側弁護士のフランク・シルヴァーは、依頼人には検察側から提示された取引に応じる以外の選択肢がなかった、と説明した。

「彼女が、自分は無実であると一貫して主張しているのはわかっています」シルヴァーは語った。「ですが、彼女に不利な証拠が積み重ねられたのです。サイコロを振り、裁判に向かい、人生の残りを塀のなかで過ごす結果に終わることになるか、いずれ日の光を確実に見られるかという選択肢がある時点で現実のものになりました。彼女は若い女性です。もしおこないがよければ、刑期未満で出所し、人生と息子さんが待ち受けているでしょう」

この元夫婦には、接近禁止命令、裁判所に任命された児童面会監督人、ルシンダ・サンズに対する暴行罪（のちに訴えを棄却）を含む家庭争議の長い歴史があった。殺害事件当日、ルシンダは元夫に何度か脅迫する内容のメッセージを送っていた。現場で凶器は回収されなかったが、保安官事務所の捜査員は、被告が銃を隠す十分な時間があり、彼女の両手と着衣には発砲後の発射残渣検査で陽性反応が出た、と語っている。

「銃はどこにあったんでしょう？」シルヴァーは言う。「それがずっと気になっています。裁判でその件になんらかの手を打てたとは思うのですが、わたしは依頼人の希望に従わねばなりませんでした。彼女は取引に応じたいと望んだのです」

最初の911番通報をしたのはルシンダ・サンズで、通報から捜査員の到着までに九分の時間があり、捜査員は銃を隠すのに十分な機会を彼女に与えたと見なしている。自宅と周辺地域を複数回捜索したが、銃は見つからず、捜査員たちは、凶器を隠匿した共犯者が存在している可能性を排除していない。

ロベルト・サンズ（当時三十五歳）は、保安官事務所に勤務して十一年になるベテラン捜査員だった。彼はアンテロープ・ヴァレー分所に配属され、そこでギャング制圧チームの一員を務めた。亡くなる一年まえ、ハンバーガー・レストランで待ち伏せていた四人のギャング構成員と銃撃戦を繰り広げたのち、ロベルトは保安官から勇敢勲章を授与されていた。ロベルトは攻撃してきたギャングのひとりを射殺し、もうひとりにけがを負わせた。ほかのふたりはいまも身元が特定されず、逮捕もされていない。

不抗争の答弁——法律用語としては、ノウロウ・コンテンドリ——を選ぶことで、ルシンダ・サンズは、元夫を殺害したことを裁判所で認める必要はなくなった。彼女の母親と兄弟は、彼女が刑務所に連行されるのを見つめていた。答弁取引の条件のひとつとして、祖母の手で育てられることになる彼女の息子を含む家族と近い距離になれるよう、チーノウのカリフォルニア州女性収容所への拘置が定められた。

「こんなことがあってはならないんです」ルシンダ・サンズの母親であるムリエル・ロペスは、裁判所の外で語った。「あの子が息子を育てるべきなんです。ロベルトは、あの子のもとから息子を連れ去るといつも脅していました。死んだことで、彼はついにそれを実現したんです」

ボッシュはその記事も再読した。記事には犯行のさらなる詳細が数多く記されていた。二番目の記事のあらたな詳細がボッシュには気になった。徹底した捜索が繰り返されていたはずなのに、殺害凶器が発見されていない。それはどうにかして凶器が現場から運び去られたことを示唆していた。サンズが保安官補であることから、ボッシュは、捜査にフルコート・プレスがかけられ、最初の捜索では少なくとも異なるチーム二組の異なる視点での見方が加わっていたはずだ、と思った。銃が現場にないことと、それがあらかじめの計画と予謀を示唆していることをボッシュは確信した。だが、自分の車に向かって前庭を歩いているところを背後からロベルトが撃たれているのは、怒りによるとっさの行動であることを示唆していた。それはこの殺害が計画されていたものとする考えと矛盾している。そのこととなくなっている殺害凶器の存在が、検察側がシルヴァーに減刑の取引を持ちかけた理由である可能性が高かった。

　ボッシュはフランク・シルヴァーのことを知っており、一度ある事件で対峙したことがあった。シルヴァーは街にいるエリート弁護士のひとりではなかった。リンカーン弁護士ではない。裁判になったら勝てないと自分でわかっているようなB級の刑事弁護士だった。新聞にはああ言ったものの、シルヴァーはたぶん処分決定の申し出を歓迎したはずで、それだから答弁取引を依頼人に売りつけようとしたのだろう。

　ボッシュは携帯電話を手に取り、感謝の理由を告げずにバラードに感謝のメッセージを送った。さらに別件でなにか見つかったかどうか謎めかして訊ねることで、自分の運試しをした——彼女に伝えたもうひとつの名前で、という意味だ。

　返信を待つあいだ、ボッシュはタイムズ紙の検索エンジンでエドワード・デイル・コウルドウェルを調べたが、結果はゼロだった。ミドルネームを外してもう一度検索してみたが、おなじようにゼロだった。

　携帯電話を確認する。バラードからはなにも届いていない。

　ボッシュは情報が届くのを待つのが好きではなかった。落ち着かない気分になり、いらいらするのだ。捜査員としての長年の経験から、勢いが鍵であり、それを失うことは永遠に事件を停滞させてしまうとわかっていた。このことは未解決事件にも当てはまる。その場合、勢いとは捜査員自身の頭のなかで動いているものであることが頻繁にあった。ボッシュはいま、自分がささやかな勢いを持っていると感じていたが、サンズ事件の新聞記事で見かけた矛盾が、ルシンダからの手紙とあいまって、心のなかに火を灯していた。コウルドウェルになんの進展もないのなら、ルシンダの件を調べつづけたいと思った。

ボッシュは携帯電話を手に取ったが、バラードに電話をかけるまえにためらった。友人兼情報源としての彼女を失いたくなかった。もし彼女にルールを破ることを求める電話をかけつづければそうなってしまうとわかっていた。

ボッシュは携帯電話をおろし、画面上で時間を確認した。午後の大半を潰すことになった午睡を取った自分をひそかになじった。裁判所のあるダウンタウンにいけたとしても、地下のアーカイブにあるルシンダ・サンズの事件ファイルのなかにあるものを確かめるための時間はほぼないだろう。その移動は、あすの朝まで待つ必要があった。

ボッシュはふたたび携帯電話を手に取り、娘に電話をかけた。娘の声を聞き、彼女の世界で起こっていることを知るのは、勢いが削がれている欲求不満とルシンダ・サンズから自分を引き離してくれるだろう、とわかっていた。だが、電話はヴォイスメールにつながった。がっかりして、ボッシュは通り一遍の最新情報を残し、元気にしており、ミッキー・ハラーのためにふたつ調査をおこなっていて忙しい、と告げた。

電話を切ってから、ジェニファー・アーロンスンからのメッセージを思いだした。電話をかけてくれるよう彼女は頼んでいた。ボッシュが電話したところ、ジェニファーは車を運転しながら、応答したのがわかった。

「ハリー、担当検事と話をしたところ、アンソニーの指紋がカリファの家では見つからなかったことを彼女は認めたわ」

「その検事は、住人のものではないほかの指紋があったかどうかは、言ってたのかい？」

「それを訊いたら、次の開示資料引き渡しを待ってもらわないとならない、と言われた。アンソニーの指紋がなかったことを認めさせるだけでも、なかなか手強かった」

「では、次の開示資料引き渡しはいつになるんだ？」

「判事がアンソニーを成人として扱うかどうか決めるまで待っている、と彼女は言った」

「オーケイ、ほかになにかあるか？　デクスターが自分の足を撃ったというきみの説を伝えてみたのか？」

「伝えた。そうすることで、彼女がびびって、あの子を成人として扱おうとしなくなることを期待してたの。もしこれが上級審にいくなら、公開裁判になり、今回の件がすべて公に知らされるようになる。少年裁判所は、非公開で、報道陣にも知らされない」

「で、相手はなんと言った？」

「ある種、笑い飛ばそうとしたようで、『いい着眼点ね』と言われた。わたしがハッタリをかましているんだと思ったのね」

「その検事はだれだ？」

「シェイ・ラーキン。わたしより若い」

「まあ、それがハッタリでないことを彼女はいずれ気づくだろう。アンソニーの様子はどうだ？」

「死ぬほど怯(おび)えている。あの子が釈放されるようにしてあげなきゃならないのだけど、わたしには打つ手がない――少なくとも法的には」

「どういう意味だ？」

「記者会見をひらきたいの。デクスターに関する件を表に出し、連中にデクスターを調べるよう圧力をかけ、これがハッタリではないことを知らしめる」

「そんなことをすればきみの狙いが相手にバレてしまわないか？」

「ええ。でも、それでアンソニーが外に出られるのなら……ミッキーがやってくれたら、もっとうまくいくと思うんだけど。いまはマスコミがミッキーのまわりに犬のように群がっているでしょ。彼ならこの事件に関心を惹き寄せるはず」

「それはひとつのアイデアだな」

「そして、あなたみたいな人が、あなたみたいな経験を持つ人が、ミッキーといっしょに立ってくれたら、確実に信憑性が増すはず」

ボッシュは目をつむり、こういうことになるのを予想してしかるべきだったのに、と自分に言い聞かせた。

「ジェニファー、そんなことは起こらない」ボッシュは言った。「取り決めをしただろ。おれはファイルを見て、そのあと、手を引く、と」

「わかってる、わかってる」アーロンスンは言った。「だけど、姉の子どもなの、ハリー。あの子が無実だとわかっていて、彼があんなところにいるのを見るのは耐えられない」

「もし彼が無実なら、きみが釈放させるだろう」

「いずれはね、ハリー。でも、そのあいだになにが起こる？　あそこで傷つけられるかもしれない。あるいは、もっと悪いことが」

「だったら、記者会見をひらき、どうなるか見てみるんだ。ミッキーを連れだせ。だけど、おれには頼まないでくれ。おれはこの街で人間関係と評判を得ており、この件で一時間もかけずに調べた内容がもたらすもののせいで、それを台無しにするつもりはない。きみはなにか別の方法を見つけなければならない」

沈黙があり、やがてアーロンスンが返事をしたとき、彼女の口調は冬の雨のように冷たいものになっていた。

「わかった」アーロンスンは言った。「さよなら」

アーロンスンは電話を切ったが、ボッシュは携帯電話を長いあいだ耳に押し当てたまま、どうして自分が臆病者になったような気がするんだろうと考えていた。

ボッシュはシルマーの未成年矯正センターでひとりきりでいるアンソニー・マーカスのことを考えた。子どものころ、ボッシュは養護施設から逃亡して、何度か未成年矯正センターに入れられたことがあった。ボッシュは十代のころ、きゃしゃな体つきをしており、数年後、ヴェトナムで陸軍のトンネル工作員にされた。ボッシュの体軀が、ヴェトコンが使っていた暗くて狭いトンネルのなかを動きまわるのに有利だったのだ。だが、未成年矯正センターでは、その体つきのせいで、格好の標的になった。

さまざまなことをされ、さまざまなものを奪われた。ボッシュはそのときの記憶に拘泥するのを好まなかった。だが、シルマーにいるアンソニー・マーカスのことを考えると、当時の記憶が蘇(よみがえ)ってきた。ハラーとアーロンスンに対して取ってきた立場はあったにせよ、ボッシュはアンソニーがいじめられているとアーロンスンが言ったことに衝撃を受けていた。少年鑑別所のなかは食うか食われるかの世界であることをボッシュは経験から知っていた。自分がおこなった協力を糧に、アーロンスンが甥(おい)を救えることをボッシュは内心で願った。

6

ボッシュは翌日午前九時までにルシンダ・サンズの事件調査に戻り、ダウンタウンにあるロサンジェルス上級裁判所の公文書保管部門の窓口に立っていた。公文書保管部門は、シヴィック・センターの地下にあり、グランド・パークの広大な緑の芝生とピンク色の椅子の下に地下三階まで占有していた。公園の下に、過去数十年間の刑事訴追の事件ファイルと裁判所の証拠品を公開している窓のないコンクリート製の地下(ちか)壕(ごう)があることを知っている人間はほとんどいなかった。

だが、ボッシュは知っており、職員がプレキシグラス製の窓をスライドさせてあけ、業務をはじめたとき、カウンターに立っている最初の人間になっていた。昨夜、ロサンジェルス郡の司法制度公開データベースから事件番号を引っ張りだして、カリフォルニア州対ルシンダ・サンズ事件関連のすべての資料を公文書保管部門に要求する申請書をボッシュはすでに記入し終えていた。

職員は申請書を吟味し、ボッシュに座って待つように伝えると、広大な保管庫に姿を消した。

事件が公判にいかなかったので、ボッシュは多くを期待していなかった。つまり、陪審員に示されていたであろう証拠物――写真や書類――はないだろうという意味だ。だが、ボッシュが期待していたのは、更生保護局から提出された判決前報告書（PSR）だった。その書類は、ルシンダ・サンズからの答弁取引を受理し、判決を下すまえに判事が提出を求めることになっていた。ボッシュがこれまで目にしてきたPSRは通常、量刑勧告を裏付けるためにファイルされた事件報告書およびその他の書類が積み重ねられていた。それらの報告書こそ、ボッシュが望んでいるものであり、事件の基礎となる知識を与えてくれる十分なものであることをボッシュは期待していた。

待っているあいだにボッシュは携帯電話を取りだし、予約を午後に変更してもらうようUCLAの癌治療センターに連絡を入れようとした。だが、地下三階にいて、強化コンクリートの壁に囲まれていることで、携帯の電波が届いていなかった。電話をかけるため地上階にいくことを考えたが、職員が戻ってきたときを逃したくなかった。

十分後、職員がパンのスライス一枚分ほどの厚さのマニラ・フォルダーを一冊だけ手にして保管庫から戻ってきた。職員はボッシュの反応を読み取った。

「見つかったのはこれだけです」職員は言った。「ですが、これはノウロウ事件です。公判はなく、証拠物もなく、口述筆記録もない。ファイルがあっただけでも幸運ですよ」

ボッシュはファイルを受け取り、脇にある部屋に歩いていった。書類や証拠物を見るための独立した机のあるポッドがいくつもそこにはあった。ボッシュはファイルをひらき、表紙裏のインデックスカードに手書きのリストが記されているのに気づいた。そのリストは、裁判所によってファイルされた日付順に全部でたった六種類の書類が収められていることを示していた。一番上の書類が最新のものだった。それはキャッスル判事がルシンダ・サンズを刑務所に送る判決を下した指示書だった。その裏には、被告の情状酌量を訴える、判事に送られた三通の手紙が入っていた。それらはルシンダの母親と弟の手紙に加え、冒頭で、ルシンダがランカスターの玉葱（たまねぎ）農場の従業員として梱包（こんぽう）と出荷を行う倉庫で長年働いてきたことを述べる男性が出した手紙だった。

ボッシュは三通の手紙にざっと目を通してから、次の書類に移った。それは故意故殺の罪に対して不抗争答弁を認める旨、ルシンダ・サンズが署名した同意書だった。

その書類には、本件を扱った地区検事補のアンドレア・フォンテーンの署名もあり、火器の使用による罪状加重が適用され、追加で刑期を中期から長期に定められていた。判事のまえに出るまえにそれらがサンズに追加され、七年から十三年の刑期という形の判決を受けることになった。法執行官を殺したとされる相手に対して、良好な取引であるようにボッシュには思えた。

最後の書類が判決前報告書だった。ボッシュがそれをぱらぱらとめくってみたところ、それなりの長さがあり、少なくともページの半分は、警察の報告書と検屍報告書であるのを見て取った。これこそボッシュが欲していたものだった。事件がどのように捜査されたのかを理解させてくれるのに役立つであろう捜査のまとめ資料だ。

その報告書の執筆者は、ロバート・コフートという名の州保護観察官だった。叙述形式で書かれており、基本的にルシンダ・サンズの人生を深く掘り下げて記されていた。子ども時代、家族構成、思春期の法的トラブル、教育、職歴、居住歴、成人してからの法執行機関との関わり、そして記録に残されている精神的治療に関して、項目別になっていた。

コフートの報告書はおおむね好意的だった。コフートは、サンズを、自身と幼い息子を養うため、ランカスターにあるデザート・パール・ファームで週六十時間働いているシングル・マザーとして記述していた。殺人罪で起訴されるまえに犯罪歴は皆無だったが、家庭争議をなだめるため、クォーツ・ヒルの家に保安官補が呼ばれた事件が二回記録されていた。その一回目では、ルシンダは逮捕されたが、地区検事局は立件せず、事件は取り下げられた。二回目の事件では、ルシンダも彼女の夫も逮捕されていない。両方の事件は離婚まえの出来事であり、ロベルト・サンズとその妻は、ロベルトが保安官補であることから、特別な便宜をはかられたのだろう、とボッシュは推測した。

その報告書では、メンタルヘルスや麻薬の問題の記録はないと書かれており、ルシンダは、更生と最終的な保護観察処分の有力候補者であるとコフートはみなしていた。しかしながら、コフートの勧告は、犯行の状況から、サンズに最長の故殺の刑期を科すべきであるというものだった。それはひとえにロベルト・サンズが背中を二度撃たれ、一度は明らかに地面に倒れていたときに撃たれていたからだった。

ボッシュは判決前報告書のコピーを申請する予定だったので、補完資料に含まれている公式記録に移行した。それこそボッシュが捜査員として生きてきた場所だった。ボッシュは報告書を消化し、あらゆる角度から事件を見ることができる能力を備えていた。論理の飛躍だけでなく、報告書間の矛盾や不一致を読み取れた。ここでこそ、ルシンダ・サンズの無実の主張に対する判断を下せる、とボッシュは理解していた。

ボッシュはまず殺害の初期事件報告書に目を通した。その要約報告書では、ルシンダ・サンズが駆け付けた捜査員たちに、元夫と口論をしたと話したことを記していた。週末の面会から息子を連れ帰るのに二時間遅れたからだった。それはふたりのあいだでの親権に関する取り決め違反だった。言い争いは、ロベルト・サンズが背を向け、家から出ていくまでつづいた。明らかにそれ以上の口論を避ける試みだった。ルシンダ・サンズは、元夫が出ていくと玄関ドアを叩きしめ、鍵をかけたが、そのとき家の前庭から銃声のような音が聞こえた、と証言した。元夫が家に向かって発砲したかどうか判然としなかったので、彼女は息子といっしょに息子の寝室に身を隠し、ドアを再びあけはしなかった。息子の寝室から携帯電話で彼女は911番に通報し、銃声を耳にしたことを伝えた。到着した捜査員たちは前庭にうつぶせに倒れているロベルト・サンズを発見した。救急救命士が呼ばれたが、ロベルトは現場で死亡が宣告された。

ロベルト・サンズの検屍解剖に関する検屍報告書は、補完資料一式の一部に入っていた。ボッシュはそれをめくり、銃創の場所を正確に示している図を見ることができた。

一枚物の図には、男性の人体の前後を示す一般的な線画が隣り合って並んで置かれていた。印と寸法、そして解剖をおこなった検屍官補による手書きの注釈が書きこまれていた。ボッシュの目は、背面図の上部に記されたふたつのXにすぐ引きつけられた。メモによると、ふたつの銃創のあいだの距離は、十五センチ弱だった。

銃創の入射角に関する注釈も図には記されており、それによると、二発は明白に異なる弾道で飛んできた。おそらくは最初の銃撃である一発は、比較的水平な角度で飛んでおり、背後からその銃弾に撃たれたとき被害者が立っていた可能性があることを示していた。二発目は鋭角で体に侵入しており、二発目が発射されたとき被害者がすでに倒れていたことを示していた。弾道は背後から体の正面に向かって上向きに侵入し、右の鎖骨を折ってから、上部胸筋に留まった。

ボッシュにとって、この二発目の射撃が鍵だった。偶然、あるいは正当防衛、あるいは激情の結果による発砲という議論を弱めるからだ。発砲犯は最初の銃撃でノックダウンしている被害者に狙いを定めて二発目を撃っていた。それはとどめの一撃だった。

ボッシュは携帯電話を取りだして、その図の写真を撮った。ファイル全体の複写をしてもらうつもりだったが、それにはどれくらいかかるかわからず、この件に関してハラーと話をする際に、その図を持っていきたいと思っていた。

携帯電話をテーブルに置くと、検屍報告書のほかのページをめくった。死体から九ミリの弾丸が二個回収されたことにボッシュは留意した。また、報告書には、解剖まえに撮影された死体の写真のモノクロ・コピーも入っていた。死体は裸の状態で、ステンレススチール製の解剖台に横たえられていた。その写真は、死体の正面と背面、そして射入創を接写したものだった。

ボッシュがそれらの写真にすばやく目を通していると、なにかが目に留まり、ボッシュはそのページをじっと見つめた。左臀部（でんぶ）のベルトラインの下にタトゥが入っていた。それは筆記体で書かれたタトゥであり、ボッシュは容易に読み取れた。

ケ・ビエネ・エル・クーコ

ボッシュは携帯電話をふたたび手に取り、もう一枚、写真を撮影した。今回は、死体のほかの部分を収めず、タトゥがはっきり見えるようその部分を拡大して撮った。そのタトゥがなにを意味しているのか、ボッシュは知っていた。直訳した意味ではなく、もっと広く、より雄弁に語る意味で――

おばけ(ブギーマン)がやってくるぞ

7

グランド・パークの地上階で、ボッシュは刑事裁判所ビルのまえの芝生の上にランダムに散らばっているピンク色の椅子のひとつに腰掛けた。シティホールの見慣れた高層ビル、「昔ながらの信頼の証（オールド・フェイスフル）」が影を落としている。ボッシュはハラーにショートメッセージを送った。ボッシュはハラーの行動予定表を知っており、きょうのスケジュールでは罪状認否が一件入っているのを覚えていた。

刑事裁判所ビル（CCB）にいるのか？　話せないか？

そのメッセージを送ってから、ボッシュは携帯電話をインターネット・ブラウザに切り替え、LA郡保安官事務所のギャングと入力した。なんらかの結果が現れるまえにハラーからの電話がかかってきた。

「ああ、おれはCCBにいる」ハラーは言った。「そっちはUCLAにいるはずだろ、そうじゃないのか？」

「そのはずなんだが、そこにはいないんだ」ボッシュは言った。「電話をかけて、遅らせてもらった」

「あのプログラムでばかな真似をしないでくれ。あんたを押しこむのにさんざ動きまわったんだぞ」

「それには感謝している。だが、あらたな事態が起こったんだ。ギター詐欺の罪状認否手続きはもう終わったのかい？」

「たったいまな。だが、自分で運転するのは、めんどくさい。リンカーンに乗るのに、陪審員が駐車している車庫までわざわざいかなきゃならないんだ」

「おれは表の公園にいる。ピンク色の椅子に座ってる。その椅子はきみが出てくる途中にあるだろう。サンズ事件のことで話があるんだ」

「じゃあ、わかった。いまから向かうよ。もっとも、エレベーターで降りていくのにどれくらいかかるかわかりゃしないが」

「ずっとここにいるさ」

ボッシュは電話を切り、携帯電話のブラウザに戻った。ようやく七年まえの、保安官事務所の汚職に関するＦＢＩの広域捜査を報道したロサンジェルス・タイムズの記事を引っ張りだす。ロサンジェルス郡保安官事務所には、刑務所部門だけでなく、特定の分所やパトロール地域で形成された徒党（クリーク）に保安官補が加わるという既成の文化があった。

　ボッシュは記事をスクロールダウンし、「処刑者」や「風紀委員」、「飛びかかる（ジャンプ・アウト）ボーイズ」、「無法者（バンディートウズ）」、そして「ブギーマン」のような名前が付いている既知の徒党のリストを見つけた。広域ＦＢＩ捜査は、保安官事務所が運営する郡の大規模刑務所制度内での不正行為とされるものの調査という形で小さくはじまった。ＦＢＩは、刑務所部門に配属された保安官補たちが個々の矯正施設内で徒党を組んでいることに気づいた。徒党の構成員たちは、囚人間の喧嘩（けんか）の賭けから、外部のギャング・リーダーたちからの囚人へのメッセージのやりとりの仲介、ギャングのリンチや暗殺でさえ起こったときにはあさっての方向を向いていることなど、さまざまな違法行為に携わっていた。

　ＦＢＩは、保安官補たちが刑務所の配属から、大衆に奉仕する分所へ配置換えになったとき、彼らがあらたな徒党を形成し、同様のさまざまな違法行為を先導していることも突き止めた。

FBIあるいは保安官事務所がそうしたグループに公に言及するとき、彼らを徒党(クリーク)と呼んだ。だが、ボッシュにとって、連中はストリート・ギャングと変わらない存在だった。連中はバッジを持ったギャングだ。そして、ボッシュは、ロベルト・サンズも連中の一員だったと信じていた。

「その椅子に鳥の糞(ふん)が付いているかどうか確かめたか?」

ボッシュは携帯電話から顔を起こした。ハラーがピンク色の椅子の一脚を手にして、近づいてこようとしていた。

「確かめた」ボッシュは答えた。

ハラーは椅子をボッシュの椅子の隣に置き、ふたりが隣り合わせで座って、公園越しにシティホールを眺められるようにした。ハラーは足のあいだの芝生に薄型のブリーフケースを置いた。

「昨夜、ジェン・アーロンスンから興味深い電話がかかってきたぞ」ハラーは言った。

ボッシュはうなずいた。その話題が出るかもしれないと思っていたのだ。「甥の事件のため、きみに記者会見をひらいてもらいたいと話したんじゃないか?」ボッシュは訊いた。

った。

「そのとおりだ」ハラーは言った。「あんたはそれに加わりたくないともジェンは言った」

「加わりたくないな」

「ハリー、あんたが種を植えつけたのに、そこから育つ木には加わりたくないというんだな」

「なにが言いたいのかわからん。ルシンダ・サンズの話をできるか？　いま取り組んでいるのがそれなんだ」

「できるよ、だけど、かならずＵＣＬＡにいってくれよ」

「午後にいく」

「けっこう。なにを手に入れた？」

話の道すじを切り替え、ルシンダ・サンズについての考えに戻すのに、ボッシュは少しかかった。ハラーが刑務所から届く依頼に目を通し、淘汰するためにボッシュを引き入れたとき、ハラーが定めた交通規則のひとつが、ボッシュはハラーの認可なしに依頼の送り手に連絡してはならない、というものだった。こうした依頼は実現の可能性が薄いものであり、刑務所に入っている人間にあだな望みを与えたいとは思っていなかった。ボッシュの考えをハラーが評価し、次のステップに同意するまで、ボッシュにその動きをさせたくなかった。

「裁判所のファイルだ」ボッシュは言った。「とても薄いものだが、チーノウにいき、ルシンダ・サンズと話をしたいと思わせるに十分なものがあった」

「夫を殺した女性だな、保安官補の？」ハラーが言った。

「元夫だ」

「で、なにを手に入れたのか話してくれ。だけど、彼女は不抗争（ノウロウ）の答弁をした、そうだろ？　ということは、登るのに険しい山になるぞ。エル・カピタンを知っているか？」

「ヨセミテの？　ああ」

「ノウロウを覆すのは、エル・カプに登るようなものだ」

「ああ、だけど、彼女は当時、横にリンカーン弁護士がいなかった。チャイナタウンの弁護士コミューンで働いている控え選手が担当していたんだ」

まだロス市警で働いていたころ、ボッシュは、ルシンダ・サンズの代理人を務めた弁護士フランク・シルヴァーの事務所にいったことがあった。オード・ストリートにある煉瓦（れんが）造りの建物で、数名の単独で弁護士活動をおこなっている連中が、受付やインターネット、コピー、コーヒー、弁護士補助員（パラリーガル）やその他のサポート業務の間接費を分担できるよう、家賃の安いスペースにこぢんまりとした事務所を構えて業務をおこなっていることから、「コミューン」というあだ名をつけられていた。そしてその建物は、ＣＣＢから歩いていける距離にあった。

「おれなら車で仕事をするほうを選ぶな」ハラーは言った。「その弁護士は何者だ？ひょっとしたら知り合いかもしれない」

「フランク・シルヴァーだ」ボッシュは言った。「一度、彼を相手にした事件を担当したことがある。ハリウッド分署の殺人課時代に。無理をせず、流れに任せるタイプの人間だった。言わば、あまり印象的な人間じゃない」

「シルヴァー――知らないな。二番には銀メダルが授与される。そして裁判では、二番は、有罪評決だ」

「そんなふうに考えたことはなかったな」

「少なくとも、あそこは〈リトル・ジュエル〉と〈ハウリン・レイズ〉に近い」

ＣＯＶＩＤ流行後、その二軒は、チャイナタウンだけでなく、ダウンタウン全体で、残っているなかで最高のレストランだった。

「そうだな。だけど、おれは〈高朋飯店（チャイニーズ・フレンズ）〉がなくなって悲しい」ボッシュは言った。

「閉店したのか？」ハラーが訊いた。「永遠に？」

ハラーの口調には驚きと失望がうかがえた。ＣＣＢの近くには、早くて信頼できるランチ店があまり多くなかった。とりわけ、パンデミック以降は。

「去年だ」ボッシュは言った。「五十年営業したのちに」

ボッシュは、自分がその五十年間ずっと〈高朋飯店〉に通っていたのだ、と気づいた。八月のある日、店にいき、鍵がかかったガラスドアに「どんないいことにも終わりは来る」という、まるでフォーチュン・クッキーに入っているおみくじの文言のようなお知らせを目にするまで。そのレストランを経営していて、いつもレジのところにいた男性にボッシュは一度も話しかけたことがなかった。ボッシュは支払い時に男性にいつもただ会釈をするだけだった。言葉の壁があるだろうと予想していた。

「ところで」ハラーは言った。「地下室でなにを見つけた？」

ボッシュは自分の考えを事件に戻した。

「オーケイ、この事件でいくつか気になる点がある」ボッシュは言った。「もっと深く調べてみたいと思わせる程度に。まず第一に、シルヴァーだ。あの弁護士がサンズに答弁取引を受け入れるよう説得したんだろう、とおれは考える。もし裁判になったら、フルコート・プレスをかけられることになるとシルヴァーはわかっていたはずだ。結局のところ、被害者は保安官補だ。それゆえ、シルヴァーは取引に執着し、依頼人に取引に応じるよう執拗に迫った」

「なるほど」ハラーは言った。「ほかになにがある？」

「判決前報告書が地下室のファイルに入っていた。検屍報告書といくつかの事件報告書が含まれており、腑に落ちないところが数ヵ所あった」

「たとえばどんな？」

「まず第一に、凶器だ。発見されずじまいだ。今回の事件は激情の犯行として描かれている。いきすぎた家庭争議のようなものだと。だが、銃は発見されなかった。そこで訴追側は凶器を提出することなく、被告に不抗争の答弁を認めさせた」

「ひょっとしたらサンズは銃を持っていなかったのかもしれない。銃を処分し、銃は破壊されるか、あるいは別のやり方で元に戻すことができない状態にされた」

「そうかもしれん。だが、おれは全員が署名した答弁取引書類を見た。凶器については、失われたことが言及されていなかったし、そもそもまったくその存在を認めていなかった。銃を使ってなにをしたのか明らかにすることをルシンダは求められていなかった」

「オーケイ、ここまではわかった。ほかになにがある？」

「事件のお膳立てだ」

「どういう意味だ？」

「ルシンダ・サンズは、火器の登録所有者ではなかった。ということは、凶器の銃は立件の的であるはずだ。つまり、彼女がその銃を違法に購入したことを示唆しており、そうするための唯一の理由は――」

「予謀だ――彼女は相手を殺すために銃を手に入れた」

「そうだ。あらかじめ計画していたかのように。だが、事件のあらましは、それとうまく一致していない。ロベルトが家から怒って出ていき、ルシンダが銃を摑み、発作的な怒りによって、ロベルトが家の外にいて車に歩いていくところを撃つ。正面の芝生の上で。そして相手が倒れると、ルシンダは再度相手を撃つ」

ハラーはピンク色のプラスチック製椅子に寄りかかり、シティホールの屋根に目を向けた。

「ハゲタカだ」ハラーは言った。「あの上にはいつもハゲタカが飛んでいる」

ボッシュが上を向くと、尖った頂の上方付近を鳥が飛んでいるのが見えた。

「あれがハゲタカだとどうしてわかるんだ？」ボッシュは訊いた。「とても高いところを飛んでいるぞ」

「なぜなら旋回しているからだ」ハラーは言った。「ハゲタカはつねに旋回するんだ」

「もうひとつある、興味があるなら話す。事件に関して」

「どうぞ」

「検屍だ。ロベルト・サンズは、背中を二度撃たれている。さて、これを見てくれ」

ボッシュは携帯電話を取りだし、検屍報告書に記されていた死体の図の写真をひらいた。ボッシュは携帯電話をハラーに手渡した。

「おれが見ているのはなんだ？」ハラーは訊いた。

「それは着弾点を示している図だ」ボッシュは言った。「二発は、背中の上部に命中しており、完璧な着弾場所になっている。狭い範囲に集中しており、十五センチほどしか離れていない」

「オーケイ。それで？」

「それで、それはとてもすぐれた銃撃なんだ。動いている的、外は暗い、なのに、ルシンダは相手の背中を撃ち、相手が倒れると再度撃った。ふたつの射入口は、十五センチ以上離れていない」

「そしてルシンダは自前の銃を持っていなかった」

「そうだ、銃を持っていない」

「ロベルトが銃の撃ち方を教えたんじゃないのか？　ふたりがいっしょにいたときに」

「ああ、判決前報告書（PSR）には、ふたりがまだ結婚していたときに、射撃練習場にいったことを証明する写真があったと記されている。その写真はファイルのなかには入っていなかった。シルヴァーがその写真を持っているかもしれない」

　ボッシュはハラーが興味をそそられているのがわかった。ハラーは携帯電話の画像をじっと見つづけていた。裁判に挑むときの表情を浮かべており、ボッシュから聞かされたことを使って自分は法廷でなにができるか、検討している可能性がきわめて高かった。

「激情の犯行というより、ヒットマンの仕業のように見えるな」ハラーはほぼ自分に言い聞かせるかのように口にした。

「ああ、最後にひとつ」ボッシュは言った。「この事件が起こると、新聞記事はロベルト・サンズがいかにヒーローだったかを伝えた。ギャングとの銃撃戦のあと勇敢勲章を授与されたうんぬんかんぬん。次の写真をめくってくれ」

　ハラーは画面上を指でスワイプした。ボッシュが横から身を乗りだすと、片目に青あざを作っている娘、マディの写真が目に入った。

「逆方向だ」ボッシュは言った。

「この写真はなんだ？」ハラーは声を上げた。

「マディはおとり捜査をしているんだ。こないだの夜、メルローズ・アヴェニューでひったくり犯を捕まえたとき、犯人の男はマディが女性なので、一発殴って逃げられると考えたんだ。その考えはまちがっていた」

「そいつはクールだな。この青あざを別にして」

「ああ。化粧で隠すまえに自撮り写真を送るようにおれが言ったんだ。どんな被害をこうむったのか確かめたかった。逆の方向にスワイプしてくれ」

　ハラーは指示に従い、画面にはロベルト・サンズのタトゥ画像が現れた。ハラーはその文字をたどたどしく読み上げた。

「ケ・ビエネ……エル・クーコ。これはなんだ？」

「どういう意味かわかるだろ」

「あんまり」

「半分メキシコ人じゃないのか」

「おれはビヴァリー・ヒルズ育ちなんだ」

「街じゅうのビルボード看板やバス停のベンチに『スペイン語使えます（セ・アブラ・エスパニョル）』と謳（うた）ってい

るだろ」

「書いているのは、『わたしはスペイン語を話せます（アブロ・エスパニョル）』だ。だからと言って、タトゥや口語表現をなんでもわかるという意味じゃない。エル・クーコというのがなんなのか、だれなのか話してくれないか？」

「メキシコの民間伝承なんだ。エル・クーコというのはブギーマンだ——ベッドの下に住んでいたり、たんすのなかに隠れていたりする化け物だ。悪い子どもを捕まえにくる。そいつのことを歌った歌があるくらいだ。ブギーマンがやってくる、おまえを食べちゃうぞ、とかそんな歌だ。おれが養護施設に入っていたとき、年上の子どもたちが歌っていたのを覚えている。ビヴァリー・ヒルズじゃ聞いたことがないんだろうな」

「当然だな。で、大人たちは自分の子どもにその歌を聞かせるのか？」

「おとなしくなるんだろうな」

「確かに。で、彼はこのタトゥを入れていたんだな？　ロベルト・サンズが？」

「ベルトラインの下の尻に。分所のロッカールームにいないかぎり、たいていの人間が目にすることのない箇所に。ロベルト・サンズは徒党（クリーク）の一員だったんだ。保安官補ギャングだ」

ハラーはまた黙りこんで、その情報について考えた。弁護士の顔がしっかり戻ってきていた。ハラーは頭のなかで法廷に向かい、その写真を陪審員に向けて掲げている自分を見ているのだろう、とボッシュは想像した。ロベルト・サンズがクーコス——ブギーマンたち——と明らかな結びつきがあったことは、この事件の様相を変えさせた。

ボッシュはようやくハラーの夢想を中断させた。

「で、どう思う？」

「数多くの可能性が持ち上がった、というのがいまおれが考えていることだ。おれたちはチーノウにいかねばならない」

「おれたち？」

「ああ。あす。彼女と話をしたい。スケジュールをあけるよ。きょうは、あんたは骨張った尻をＵＣＬＡに届けてくれ」

「わかった。シルヴァーはどうする？」

「おれが対処しよう。シルヴァーの持っているファイルが必要になるだろう」

ボッシュはうなずいた。話は終わった。いまのところは。ふたりは立ち上がった。ハラーがボッシュに顔を寄せてきた。

「いいか、こいつはあれこれ引き寄せかねない……」ハラーは言った。

最後まで言い終えなかった。

「わかってる」ボッシュは言った。

「慎重に動く必要がある」ハラーは言った。「用意ができるまで足跡を残してはならん」

ハラーは身をかがめてブリーフケースを摑んだ。ボッシュはシティホールの屋根を見上げた。

ハゲタカたちはまだ旋回をつづけていた。

第二部　針

8

共同仕事場（コミューン）は、右側に隣り合ってずらっと法律事務所が並んでおり、左側はサポート・スタッフのための作業ポッドが配置されたオープン・スペースから構成されていた。ただし、サポート・スタッフはだれひとり見当たらなかった。

個々の事務所それぞれには、ドアの右側に小さな四角いフレームがあり、弁護士が自分の名刺を出し入れできるようになっていた。弁護活動をおこなう短期滞在者のためのコミューンだった。事件と依頼人の気まぐれに応じて出入りする弁護士たちの場だ。

わたしは事務所の並びに沿って歩きながら、名刺に目を向けた。そのいずれの名刺にも、ほとんど代わり映えのしない標準的な〝正義の天秤（てんびん）〟マークが記されていた。ほほ笑んでいる、あるいは真顔でいる弁護士の小さな写真が付いている名刺もあった。エンボス加工をしている名刺はない。すべての名刺の品質が、ここの弁護士たちがコストを抑えようとしている一方で、共有オフィス空間のなかで成功や威厳のようなものを醸しだそうともしていることを示していた。

六つ先の法律事務所で、わたしは銀色のエンボス加工が施されている名刺をはじめて見た。むろん、その名刺はフランク・シルヴァーのものであり、エンボス加工された名刺は、景気がよかった時代の名残り、あるいは法律事務所の並びのなかでほかと差をつけて目立とうという試みのどちらかだった。事務所のドアはあいていたが、わたしはとにかく手を伸ばして、ノックした。木目調の天板の机の向こうに座っていた男がノートパソコンの画面から顔を起こした。

「フランク・シルヴァーかい？」

「それはわたしだ」

男の目に認識の色が浮かぶのがわかった。男はわたしより十五歳若く、黒い巻き毛で痩せた体つきをしていた。ここから裁判所まで歩くことで、戦える体を維持しているのだろう。

「あんた。リンカーン弁護士だ」

わたしは部屋に歩を進め、手を差しだした。われわれは握手をした。

「ミッキー・ハラーだ。以前になにかの事件で会ったたっけ？」

「フランク・シルヴァーだ。いや、ビルボードを見てるから、あんただとわかった。『リーズナブルな料金で合理的疑い(リーズナブル・ダウト)を』──あの宣伝文句を州弁護士会が許したことに驚いた。座ってくれ」

わたしは狭苦しい事務所のなかにある来客用の椅子を見おろし、座面に三十センチの高さまでファイルが積み重ねられているのを見た。

「ああ、すまん、ちょっと待ってくれ」シルヴァーは言った。「そいつをどかす」

シルヴァーは机をまわりこんでやってきた。わたしは彼が椅子にたどりつけるよう、狭い空間のなかであとずさった。彼はファイルの束を持ち上げ、机まで運ぶと、パソコンの横に置いた。

「オーケイ、座ってくれ。なにか飲むかい？　チューンアップは必要か？」

シルヴァーは笑い声を上げた。

「どういう意味だ？」わたしは腰をおろしながら、訊ねた。

「ほら、リンカーン弁護士だろ」シルヴァーは言った。「エンジンの調整(チューンアップ)が必要だろ」

シルヴァーは自分の冗談にまた笑い声を上げた。わたしは笑わなかった。シルヴァーの背後の壁に気を取られていた。法律書や刑法典が背を見せている書棚が並んでいた。すべて背に書名がエンボス加工で入っている美しい革装の本ばかりだ。だが、全部偽物だった——壁紙になっているフェイクの法律ライブラリー。シルヴァーはわたしの視線に気づいて、壁紙を振り返った。

「ああ、そうだ」シルヴァーは言った。「Ｚｏｏｍでは、本物っぽく見えるんだ」

わたしはうなずいた。

「なるほど」わたしは言った。「そりゃいい」

わたしはシルヴァーが机に移動させたばかりのごたまぜのファイルの束を指さした。

「片づけものに手を貸しにきたんだ」わたしは言った。

シルヴァーは小首を傾げ、面白くなさそうに、こちらが真剣な話をしているのか気をもんでいるようだった。

「どうやって？」シルヴァーは訊いた。

「きみから一冊のファイルを受け取らねばならない。きみの元依頼人がわたしに目を通すよう依頼してきた解決済みの事件の」

「ほんとかい？　それはどの事件だ？」

「ルシンダ・サンズ。彼女を覚えているだろ？」

驚きがシルヴァーの顔に広がった。シルヴァーが期待していた名前ではなかったようだ。

「ルシンダ――もちろん、覚えてる。だけど……」

「ああ、彼女は不抗争の答弁取引をした。だが、いまになり彼女はわたしにその事件を見てほしいと考えている。もしその事件のファイルを手に入れられるなら、きみの邪魔はせず、独自に――」

「わー、ちょっと待った。なんの話をしてるんだ？　ここにきてそんなふうにわたしの事件を持っていかせやしないぞ」

「いや、そっちこそなんの話をしてるんだ？　解決済みの事件だ。彼女は答弁取引をおこない、ほぼ五年間、チーノウに収監されている」

「だけど、彼女はいまもわたしの依頼人だ」

「彼女はきみの依頼人だった。だが、彼女はわたしに手を伸ばしてきた。自分の事件をわたしに見てもらいたがっている。もしきみが事件のことを覚えているなら、彼女は自分がやったと一度も言ってないことをきみは覚えているはずだ。そして、いまも彼女は自分がやったと言っていない」

「ああ、だけど、わたしは彼女にあのすてきな取引をさせたんだ。わたしが彼女のために手に入れてあげた処分決定がなければ、彼女は仮釈放なしの終身刑を務めることになっただろう。中期刑期での故殺という処分決定を手に入れてあげたんだ」

わたしはこの話がなんのことなのかわかっていた。あるいはわかっていると思っていた。

「いいか、フランク」わたしは言った。「きみが心配しているのが五〇四なら、心配にはおよばない。この件はそういうことじゃないんだ。わたしが求めているのは、事実に基づいた無罪であり、わたしがそれを証明できるかどうかなんだ。それだけだ。これはわたしにとって人身保護請求事件になるか、まったくゼロになるかのどちらかだ。それが済んだら、ファイルはきみにすぐ送り返す」

刑事弁護士でいることのとてもがっかりさせられ、なおかつ腹立たしい部分のひとつは、代理人の無能な補助——悪(あ)しき弁護行為——に基づく判決取消を求めるカリフォルニア州刑法五〇四条申立てで、名指しされることだった。どれほどみごとに依頼人の代理を務めたと思ったところで、あるいはどれだけいい結果を生みだしたと思ったところで、依頼人が長く刑務所に留まっていると、判決を覆す一か八か(ヘイル・メアリー)の試みのなかで、名前を挙げられるのだ。そしてそれを望んでいる弁護士はひとりもいない。職業人としての名声を傷つけられる可能性があるだけでなく、事件の見直しをし、自分の取った行動を逐一弁護するのは、時間がかかるものだった。

「じゃあ、なぜ彼女はあんたのところにいったんだ?」シルヴァーが訊いた。「無能な補助を主張するつもりがないのなら、わたしのところに来るべきだったのに」

「わたしは去年、ある事件を引き受けた」わたしは言った。「ニュースで大々的に報道された。ひとりの男を人身保護請求で、刑務所から救いだした。事実に基づいた無実を証明したんだ。彼女はチーノウでその記事をどうにかして目にし、わたしに手紙を書いてきた。おおぜいの被収容者がいまわたしに手紙を書いてきている。うちの調査員がサンズ事件の予備調査をおこない、次の段階に進むべきだという推薦をわたしに寄越した。そのためにはファイルが必要なんだ。きみが持っている資料であればなんでも。事件に関して知るべきものがあれば、それをすべて知る必要がある」

シルヴァーはしばらくなにも言わなかった。

「で?」わたしは促した。「ファイルをもらえるかな? コピーして、きょうの終わりまでに原本をきみに送り返せる。たいして手間はとらせないと思う」

「それには及ばんよ」シルヴァーは言った。「なぜなら、われわれはその件でパートナーになるのだから」

「はあ?」

「パートナーだ。あんたとわたしが。なにが起ころうと、どこに持っていこうと、われわれはパートナーだ」

「いや、いや、そうじゃない。ルシンダ・サンズはこの件でわたしに依頼をしたんだ。無料弁護案件だ」

「いまはプロボノだろう。だけど、あんたが彼女を釈放させれば、不法監禁を訴えて、報酬は青天井になる」

「いいか、もしそちらが望むなら、うちの調査員に言って、事件を引き受けるよう彼女がわたしに依頼した手紙のコピーを電子メールで送らせよう。彼女は自分のファイルを閲覧する権利を有しており、もしきみがそれを渡すことを拒めば、倫理違反になる。五年間は記録が消えない弁護士会への苦情に対処せざるをえなくなるぞ」

シルヴァーは笑みを浮かべ、ばかにしたかのように首を横に振った。

「弁護士会への苦情訴えなんて気にしちゃいない」シルヴァーは言った。「こないだ聞いたところじゃ、カリフォルニア州弁護士会は、COVIDがらみの苦情訴えの在庫をまだ処理しているそうだ。だから、この件に先方がすぐ飛びついたとしても――三年先の話になるだろうな」

してやられた。わたしは黙りこみ、対抗手段をひねりだそうとした。わたしと元の依頼人から金を巻き上げようとする非倫理的な弁護士に対する用意ができていなかった。

「あのな、こっちはろくでなしになろうとしているんじゃない、いいかい？」シルヴァーは言った。「だけど、これがどういうことなのかわかってるんだ。あんたがやろうとしていることをわかってる」

「ほんとか？」わたしは言った。「わたしはなにをやろうとしているんだ？」

「あんたはあのたくさんのビルボード広告の料金を払っているんだろ？　バスの車体広告、バス停のベンチ広告、ああいうもの全部の。あんたが去年引き受けた事件というのは、殺人の罪を着せられた男を釈放させたというやつだろ？　そのあとで起こった不当な有罪判決訴訟で、あんたはどれくらい稼いだ？　その訴訟で市は高額な小切手をあんたに切ったはずだ。六桁の上のほうじゃないかい？」

「ちがうな。その事件では和解は成立していない」

「関係あるもんか。その事件は金の雨を降らせるもの（レインメイカー）であり、あんたはそれをわかっている。そしてそれはなにも悪いことじゃない。だけど、いま、あんたはここに来て、わたしの事件とわたしの仕事で、金の雨を降らせようとしている。正当な分け前を寄越すんだな」

「きみの仕事？　きみは彼女を刑務所へ送りこんだ。それがどれほどの価値のある仕事なんだ？」

「保安官補を殺したというのに故殺で済ませたんだぞ。ありえないくらいの奇跡だ」

「どんなもんだか」

「分け前を要求する」

「きみが話していることは、大穴に賭けているようなもんだ。彼女は不抗争の答弁取引をしたんだぞ――それを覚えているだろ？　依頼人が不抗争の答弁を選択したとき、不当な有罪判決訴訟で多額の成果は得られない。州側の抗弁は、彼女は得心のうえで刑務所にいき、それはきみの助言によるものだという内容になるだろう」

「だけど、あんたはリンカーン弁護士だ。あんたが来るのを目にしたら、連中は小切手帳を取りだす。怯えてあんたから逃げだす」

シルヴァーの誠実さは、背後の壁紙の法律書のように嘘臭かった。

「この件のそばにきみを近づかせたくない」わたしは言った。「だから、きみを遠ざけておくのにいくらかかるんだ？」

シルヴァーはうなずき、勝利を収めたことに喜んだ。わたしは自分がひるんで、相手に突破口を与えてしまったのをすぐに後悔した。

「パートナーだろ？」シルヴァーは訊いた。「半分ほしい」

「ありえん」わたしは言った。「それくらいならここから立ち去ったほうがましだ。十パーセントを渡そう、それだけだ」

わたしは立ち上がり、出ていこうとした。

「二十五パーセント」シルヴァーは言った。

わたしは戸口に向かった。

「おいおい」シルヴァーは言った。「二十五パーセントと七十五パーセントの分割は、あんたにとって大きな利益だろう。わたしはあの事件に多額の投資をして、なんの利益も得なかったんだ。それくらいもらうだけの資格はある」

わたしは戸口で立ち止まり、シルヴァーを振り返った。

「きみにはなんの資格もない」わたしは言った。「きみはいろいろとミスをして、依頼人を刑務所送りにした。彼女が有罪である場合にかぎり、いい取引だった。だが、彼女はそうじゃない。わたしは動産返還請求（リプレヴィン）の訴訟をおこなうことができる。そうなったらカリフォルニア州弁護士会のまえで大事（おおごと）になりかねないぞ」

シルヴァーはわたしをじっと見ていたが、わたしは彼がリプレヴィンの定義に明るくないのを見て取った。

「こちらはファイルを引き渡す命令をきみに下すよう判事に頼みにいけるんだ」わたしは言った。「だが、よくわかってるだろうが、きみを敵に回すのは、彼女のためにならない」

もしサンズ事件を人身保護請求審理にたどりつかせたら、シルヴァーにその弁護活動を判事に説明させる必要が生じるかもしれなかった。

「じゃあ、こうしよう」わたしは言った。「経費を除いたわたしの報酬の二十五パーセントをきみに渡そう。それを呑むか、ここで終わるかだ」

「呑もう」シルヴァーは言った。「経費を監査できるのならば」

この男はローナ・テイラーが事件の経費概要をまとめるのにどれほど創造力を発揮するのか露ほども知らなかった。

「問題ない」わたしは言った。「さて、ファイルはどこにある？」五年まえに解決した事件のファイルが事務所のなかにあるとは期待していなかった。

「数分待ってくれ」シルヴァーは言った。「ここの車庫に保管用のロッカーを置いているんだ」

「すばらしい」わたしは言った。「待つよ」

シルヴァーは立ち上がり、机をまわりこんできた。

「それからもうひとつ頼みがある」シルヴァーは言った。

「いや、すでに取引は済んだ」わたしは言った。

シルヴァーはポケットからなにかを取りだそうとしていた。

「リラックスしてくれ。たいしたことじゃない。リンカーン弁護士と自撮り写真をとりたいだけさ」

シルヴァーは携帯電話を取りだした。すばやく、たくみにカメラのアプリを起ち上げ、携帯電話を角度をつけて掲げると、そばに近づいてきて、空いているほうの腕をわたしの背中にまわした。わたしが相手を押しのけるまえにシルヴァーは写真をとっていた。

「コピーを送るよ」シルヴァーは言った。

「いや、いらん」わたしは言った。「ファイルを取ってきてくれさえすればいい」

シルヴァーは出入口に向かった。わたしは外の壁に付いているフレームに手を伸ばすと、銀のエンボス加工をされた名刺をスロットから抜き取った。その名刺をポケットに入れる。いずれどこかで役に立つかもしれないと思った。

9

　ボッシュとリンカーンは、縁石のそばにいた。わたしは、うっかりではなく、リンカーンの助手席側後部座席のドアをあけ、座席に白い袋が載っているのを見た。その袋をどかして、乗りこむと、リアビュー・ミラーにボッシュがいやな顔をしているのが映っていた。

「ファイルを手に入れたので、ここで広げないとならないんだ」わたしは言った。「だから、敬意を払っていないからじゃなくて、チーノウにたどりつくまでに、知るべきことを知っておく必要がある」

「じゃあ、出かけるんだな？」ボッシュは訊いた。

「あんたがいけるなら。いつも……その、ＵＣＬＡの翌日は、ぐったりしてるだろ」

「ひょっとしたら偽薬を与えられたのかもしれない。気分はいいんだ」

　わたしはその言葉を疑っていた。いつも見せているような疲労感を隠しているだけかもしれない、と思った。あるいは、事件からくるアドレナリンが、ボッシュを高いギアで動かしているのかもしれなかった。

「あんたが大丈夫なら、出かけよう。到着まえにおれが見終われば、車を停めてもらい、場所を交代して、あんたがファイルを見ることもできる。それでいいかい？」

「それでいい」

ボッシュは縁石から車を発進させ、アラメダ・ストリートを目指して、南へ向かった。

「道はわかっているんだろ？」わたしは訊いた。

「何度もいったことがある」ボッシュは答えた。「腹が空いているなら、そこにある袋に〈リトル・ジュエル〉で買ったプアボーイ・サンドイッチが入っている」

「あやうく袋に座りそうになったぞ。牡蠣か、それともシュリンプか？」

「シュリンプだ。牡蠣のを買いに戻ろうか？」

「いや、おれは牡蠣が嫌いなんだ。確かめたかっただけさ」

「おれも好きじゃない」

チーノウの女子刑務所は、ダウンタウンから車で一時間ほどのところにあった。ボッシュが東へ向かうためフリーウェイ10号線を目指している一方で、わたしはポケット式ファイルの輪ゴムを外し、シルヴァーから入手したものを確かめようと、ひらいた。すぐに自分が騙されたことに気づいた。最初の三つのポケットには書類が入っていたが、それ以降の四つのポケットには、まったく未使用の法律用箋が入っているだけだった。シルヴァーはポケット・ファイルをわたしに渡すとき、持ち重りがするように法律用箋を入れたのだ。書類の多さは、事件に費やされた時間と努力を示すものだった。書類の引き渡しの際に自分がルシンダ・サンズにたいしたことをしていないのをごまかそうとしたのが明らかに思えた。法律事務所を立ち去るまえに、シルヴァーはわたしにサンズ関係の全ファイルを渡したことを認める受取書に署名させた。こういう事態になるのを予見して、署名するまえにファイルを確認すべきだった。

「くそいまいましいイタチめ」

ボッシュはリアビュー・ミラーでふたたびわたしを見た。

「だれが？」

「二番手の銀メダル野郎だ」

「どういう意味だ？」

「あの男は、大量の仕事の成果を渡したとおれに思わせようとして、事件ファイルを、なにも書かれていない法律用箋で埋めたんだ」

「なぜ？　そいつとなんらかの取引をしたのか？」

「ファイルと引き換えに、経費を引いたあとの二十五パーセントを渡さなければならない。だけど、言っとくが、総報酬から思いつくかぎりの経費を差っ引くつもりだ。あんたへの支払いを含めて」

わたしの角度から、ボッシュがほほ笑んだのが見えた気がした。

「おかしいと思ってるのか？」

「皮肉だなと思ってる。刑事弁護士が別の刑事弁護士を小ずるい輩(イタチ)と呼ぶのは。おれが四十年間過ごした世界へようこそ」

「ああ、そうかい。あんたの小切手にサインをし、医療保険に入れてやったのがだれなのか忘れるなよ」

「心配するな、忘れないよ」

「そういえば、きのう、UCLAではどうだった？」

「点滴を受けた。血を少し抜かれた。そのあとであそこを出た」

「ちゃんとやれてよかったよ。治験中のものが点滴のなかに入っているのかい？」

「ああ、放射性同位体(アイソトープ)だ。点滴バッグを吊(つる)し、おれの腕に針を刺し込み、送りこむ。二、三十分で点滴は終わる。どれほどの薬を投与するかによって時間は変わる。それは週によって変わるんだ」

「で、その薬が効いているかどうか確かめるのに血を抜くんだな？」

「そうでもない。血小板が少なくなりすぎていないかどうか確認しているんだ――それがどういう意味かわからないが。そして腎臓と肝臓への負荷を調べている。およそ三十日後に、生検で骨のなかを調べる。それが本当の検査になるだろう」

「報告を絶やさないようにしてくれ」

「そうする。サンズの話に戻ろう。シルヴァーに二十五パーセント渡す。つまり、この事件で金銭が発生するときみは考えているのか？」

「そうでもない。もし彼女の有罪判決が取り消されたら、不当な有罪判決に対する法定賠償金が支払われるべきだが、弁護士がそこから得られるものはあまり多くない。それに禁固刑を受け入れる答弁取引を当人がおこなったことから、不当な有罪判決に対して民事で争っても勝訴できる可能性は高くないとおれは見ている。二番手銀メダル野郎（シルヴァー）は、依頼人を刑務所にいかせないための経験がろくになく、刑務所から出させるための経験は皆無だ。けっしてやってこないだろう不相応な棚ぼたを期待しているにすぎない」

　ポケット・ファイルのなかに入っている役立つものに関心を戻した。なかにある三つのファイルのなかで最初のものは、依頼人情報書類だった——標準的な書式の書類で、新しい依頼人が、住所、親戚の名前、クレジットカード情報を含む情報を記していた。依頼人の常在場所、なされた仕事に対する報酬を願わくは保証する手段を弁護士が知るために広く利用されていた。今回の事件の場合、ルシンダ・サンズは、保釈金を支払わなかったので、本人の居場所は一度も問題にならなかった。そして、シルヴァーがこの事件でほぼ報酬を得なかったとわたしに言っていたことから、書式に記入された二枚のクレジットカードは、利用限度額が低く、早い段階で上限に達したのだろう、とわたしは推測した。

ルシンダ・サンズは、中程度の弁護士に弁護料を払うのではなく、なぜ公選弁護人に依頼しなかったのだろう、と思ったが、それはもう過ぎてしまったことだった。次のポケットに移り、ルシンダ・サンズが、ロベルト・サンズ事件を担当することになった保安官事務所の捜査員たちに応じた事情聴取の書き起こし記録が入っていることに気づく。

冒頭部分を読むと、ガブリエラ・サミュエルズとギャリー・バーネットと名乗った捜査員たちに、ルシンダは愚かにも自分の権利を放棄し、彼らと話をすることに同意していた。捜査員たちは一般的な、自由回答式の質問をおこない、その質問でルシンダが流されるままになるように仕向けていた。見慣れた手口だった。刑務所は、文字どおり、みずから口を開いて門を潜った人々であふれている。すなわち、口を閉じておくかわりに自分たちの行動や理由を説明したいと彼らは判断してしまったのだ。だが、いったん黙秘する権利を放棄してしまうと、彼らはおしまいだった。

聴取のあいだ、ルシンダは、判決前報告書からボッシュが引きだしたのとおなじ話をしていた。少なくとも、それはいいことだった。クォーツ・ヒルでその夜なにが起こったかを語るルシンダの話は、首尾一貫していた。

サミュエルズ　彼は玄関のドアを出ていったんですね？

サンズ　はい、正面の。

サミュエルズ　そしてそのときあなたはなにをしましたか？

サンズ　わたしはドアを叩きしめ、デッドボルトを締めました。あの人には戻ってきてほしくなかった。本来持っているはずがないのにあの人が鍵を持っているのをわたしは知ってました。

サミュエルズ　それからなにを？

サンズ　その場に立っていたとき、銃声が聞こえました。すぐにもう一発の銃声がした。わたしは怖かったんです。彼が家に向かって銃を撃っていると思いました。息子の寝室に駆けこみ、ふたりでそこに隠れていました。911番に通報し、待ちました。

サミュエルズ　どうして銃声だとわかったんです？

サンズ　わかりません。確かなことはわからなかったんですが、銃声をまえに聞いたことはありました。大人になるまでに。そしてわたしたちが結婚したとき、ロビーとわたしは何度か射撃練習場にいったことがありました。

サミュエルズ　その二発の銃声以外、ほかになにか耳にしましたか？　だれかの人声とか？　そのようなものを？

サンズ　いいえ、なにも聞こえませんでした。銃声だけです。

サミュエルズ　玄関のドアには、覗き穴がついているのを見ました。銃声のあとで、外を覗いてみなかったのですか？

サンズ　はい、ドアに向かって撃ってきているのかもしれないと思ったんです。家の奥へ下がりました。

サミュエルズ　それは確かですか？

サンズ　はい、自分がなにをしたのかわかっています。

バーネット　あなたは銃を所有していますか、ミセス・サンズ？

サンズ　いいえ、銃を持っていません。離婚したとき、ロビーに銃を全部持っていくように伝えたんです。銃を置いておきたくないんです。

バーネット　では、自宅に銃はなかったとおっしゃるのですね？

サンズ　はい。銃はありません。

サミュエルズ　911番に通報してから、あなたはなにをしましたか？

サンズ　息子といっしょに寝室で待っていました。すると、サイレンが近づいてくるのが聞こえたので、息子に部屋から出ないように言ってから、正面の窓の外を見にいきました。そのとき、保安官補たちの姿と、ロビーが地面に倒れているのを見たんです。

バーネット　あなたが彼を撃ったのか？

サンズ　いいえ。まさか。そんなことしないわ。息子の父親なのよ。

バーネット　だが、ここでわれわれが見ているものをわかっているはずだ、そうだろ？　あなたたちふたりが口論をし、彼は家を出ていき、玄関ドアから四メートルも離れていないところで背中を撃たれた。われわれはどう考えると思う？

サンズ　わたしはそんなことをしてません。

バーネット　では、あなたじゃなければだれがやったんです？

サンズ　わかりません。わたしたちは三年まえに離婚したんです。あの人がだれといっしょにいるのか、あるいはなにをしているのか、知りません。

バーネット　銃はどこにあるんだい？

サンズ　言ったでしょ、銃は持っていないって。

バーネット　われわれは銃を見つけるつもりだ。だけど、われわれにあなたが話してくれて、いまここでそれを解決してくれるなら、そっちのほうがいいんだがね。

サンズ　わたしはやってません。

サミュエルズ　あなたは彼が銃を取りに車へ向かおうとしていると思ったんですか？

サンズ　いいえ。すでに銃を持っていて、家に向かって撃ったんだと思いました。

サミュエルズ　ですが、あなたは怖かったと先ほどおっしゃった。その瞬間、なにが怖かったんですか？

サンズ　ずっと言ってますでしょ。あの人が家に向かって銃を撃っているんじゃないかと思ったんです。その直前に、ひどい言い争いをしたんです。あの人が約束より来るのが遅すぎて、夕食を食べそこね、母の家にエリックを連れていけなかったんですから。

サミュエルズ　彼は遅れた理由を話しましたか？

サンズ　仕事の打ち合わせがあったんだと言いましたが、嘘をついているのがわかりました。ギャング・チームは、日曜日にはけっして働かなかったんです。

サミュエルズ　それで、あなたは彼を怒鳴りつけた？

サンズ　少しは。ええ、あの人に頭に来てたんです。

サミュエルズ　彼はあなたを怒鳴りつけましたか？

サンズ　ええ。彼は、このクソ女と言ったんです。

サミュエルズ　そう言われたせいで、頭に来たんですか？

サンズ　いいえ、いいえ、そんなこと言ってない……とても遅れたのであの人に腹を立てた。それだけです。

サミュエルズ　ルシンダ、もし脅威を感じたというのであれば、こちらはそれに対して対処できる。あなたは怖かった。彼は銃を持っていた。彼は銃を取りに車に向かうとあなたに話しましたか？

サンズ　さっきから言ってるように、ちがいます。あの人は立ち去ろうとしていた。わたしはあの人に出ていってと言い、彼は出ていった。わたしはドアに鍵をかけた。それだけです。

バーネット つじつまが合わないな、ルシンダ。協力してもらわないと。彼はあなたの家にいた。出ていき、うしろから撃たれた。あなたの家にほかにだれかいましたか?

サンズ いいえ、だれもいなかった。わたしとエリックだけだった。

バーネット 発射残渣とはなにか知ってるかい?

サンズ いいえ。

バーネット いいかい、銃を撃つと、微粒子が銃から発射されるんだ。目には見えないものの、両手や両腕、着衣に付着する。保安官補が家であなたからサンプルを集めたのを覚えているかい? 彼は小さな丸いパッドであなたの両手を拭ったはずだ。

サンズ 女性でした。それをした保安官補は。

バーネット とにかく、その検査結果は陽性だったんだ。あなたの両手に発射残渣が残っていた。ということは、あなたが発砲したことを意味しているんだよ、ルシンダ。だから嘘を言うのを止めて、正直に話してくれ。協力してほしい。なにがあったんだ?

サンズ 言ったでしょ、わたしじゃないんだって。わたしがあの人を撃つわけがない。

バーネット　どう発射残渣を説明するんだ？

サンズ　わからないわ。できない。弁護士の立ち会いを求めたい。

バーネット　本気でそう言ってるのかい？　たったいま全部解決して、あなたは息子さんといっしょに家に帰ることができるのに。

サンズ　わたしはやってません。

サミュエルズ　最後のチャンスよ、ルシンダ。弁護士に連絡したら、われわれはもうあなたを助けることができない。

サンズ　弁護士に連絡したい。

バーネット　オーケイ、では、これで終わりだ。あなたはロベルト・サンズ殺害容疑で逮捕される。どうか――。

サンズ　いえ、わたしはやってません。

バーネット　立ってくれ。逮捕手続きを取る。あなたの弁護士が会いにくるだろう。

わたしは書き起こし書類をかたわらにどけて、窓の外を見た。フリーウェイはここから高架になり、猛スピードで通り過ぎる車のなかにいる人間から見えるほどの高さに設置された柱に取り付けられた広告看板や交通標識が見えた。わたしは腹を立てていた。ルシンダ・サンズにまだ会っていなかったが、警察官と結婚していたにもかかわらず、彼女が警察のやり方に慣れていないのがわかった。聴取のあいだ、相手に言い負かされないようがんばってしまった。元夫を殺したことを否定した。だが、自分に不利な立件をされるのに必要となる多くのことを、相手に渡してしまっていた。話すことで刑務所への門をみずから潜ってしまった。

「こいつらは……」わたしは言った。「あまり独創的ではないな」

「だれのことだ?」ボッシュが訊いた。

「聴取を担当した連中、サミュエルズとバーネットだ」

「どうしてそう思う?」

「嘘と偽りの共感で、間違った方向へ導いている。いっしょに解決できるという古くさいやり方だ。それがじつに腹立たしい」

「その手がうまくいくことがよくあるのに驚くぞ。たいていの殺人犯は……連中は理解されたがるんだ」

「そして、みずから口を開いて、監獄一直線だ」

「連中は彼女にどんな嘘をついたんだ？」

「というか、嘘をつかなかったようだ。だが、てはじめに、連中はＧＳＲゲームを彼女に仕掛けた。彼女は乗らなかった」

「もし検査結果が陽性だと話したのなら、ゲームではなかったんじゃないか」

「ゲームのほうがましだ。さもなきゃ、この無実の証明全体に問題を抱えていることになる。なぜ連中が彼女にゲームを仕掛けていなかったと思うんだい？」

「おれが読んだ新聞記事のひとつにそれが載っていた。おれが現役だった当時……まあ、記者発表資料に、普通は嘘を載せないようにしていた。だから、その部分は真実だと判断した。彼女はＧＳＲ検査で陽性だったんだ」

「次の出口で降りてくれ」

「なぜだ？」

「引き返すんだ。この件で十分時間を無駄にした」

「ＧＳＲのせいでか？」

「おれは人身保護請求事件をさがしているんだ。それは言っておいたはずだぞ、ハリー。もし彼女が両手に発射残渣を付着させていたなら、おれたちはおしまいだ」

「ＧＳＲは、厳密な科学じゃない。過去におれが担当した事件では……パッドで拭き取るとおなじ結果を生じると主張する清掃用具のリストを手にした専門家証人を弁護士が呼んだものだ」

「ああ、それは厳密ではない科学的弁護だ。陪審員に疑念を植え付けるための必死の動きだが、人身保護請求の扉を法廷でひらいてはくれないだろう」

「なあ、チーノウまであと十分足らずだ。とりあえず、彼女に話を聞きにいこう」

わたしはふたたび書き起こし書類に目を落とし、首を横に振った。二番手のシルヴァーに対する見解を変えつつあった。ひょっとしたらあの男はルシンダ・サンズに可能なかぎり最高の結果をもたらしたのかもしれなかった。

「いいか」わたしは言った。「はっきりさせておこう。彼女の上訴の窓は少なくとも二年まえに閉まっている。この件をあらためて見直しさせる唯一の方法は、人身保護請求を通じてであり、事実上の無罪を証明するあらたな証拠を提示するしかない。証拠があれば、やってみるしかない。オチョアに対してやったように彼女の無実を証明しなければならない。だから、いいだろう、プアボーイ・サンドイッチを食べて、出かけ、彼女と話をすればいい。だけど、もし証拠がないなら、この件はここで終わりであり、次の案件に移る」

ボッシュはなにも言わなかった。彼の目がリアビュー・ミラーに映るのをわたしは待った。

「それでいいか?」わたしは言った。

「問題ない」ボッシュは言った。「それでいい」

10

チーノウの刑務所の弁護士依頼人面会室にあるテーブルにわれわれは座り、刑務官がルシンダ・サンズを連れてくるのを待っていた。鋼鉄の扉が叩きしめられるくぐもった音と刑務官のスピーカー越しの命令が聞こえた。刑務所の音は、たとえ女子刑務所であっても、けっして心地よいものではない。コンクリート壁と鋼鉄で消音されていたとしても。

「どんな切り口からはじめるつもりだ？」ボッシュが訊いた。

「いつもとおなじさ」わたしは言った。「制約のない質問ではじめ、なにかいい答えを聞いたら、焦点を絞っていく。だが、まず、彼女に書類に署名してもらわなければ、われわれはここでお役御免だ」

ボッシュがさらに質問をするまえに扉があき、女性刑務官がルシンダ・サンズを部屋に連れてきた。わたしは立ち上がって、精一杯の笑顔をこしらえて、うなずいた。

ボッシュは椅子に座ったままだった。ルシンダはテーブルをはさんでわれわれの向かいの椅子に座らされ、片方の手首が、テーブルの側面にボルト留めされているパイプに固定された。

「ありがとう、オフィサー」わたしは言った。

刑務官はなにも言わずに部屋を出ていった。わたしは視線を下げてルシンダを見、腰をおろしはじめた。ルシンダは半袖の青いつなぎ服を着た小柄な女性だった。ダークブラウンの瞳とよく似合うライトブラウンの肌をして、髪の毛をうしろで短く結んでいた。たぶん保温のためだろう、つなぎ服の下に長袖のTシャツを着ている。彼女はわたしにほほ笑み返さなかった。われわれを刑事だと考えているからだ、とわたしは思った。ボッシュはその年齢でも、刑事の雰囲気をぷんぷん醸しだしていた。出廷する日ではなかったことから、わたしはネクタイを締めていなかった。

「ルシンダ、手紙を送ってくれたね。わたしは弁護士のマイクル・ハラーだ」

それを耳にしてルシンダは笑みを浮かべ、うなずいた。

「ええ、ええ、ええ」ルシンダは言った。「リンカーン弁護士さん。わたしの事件を扱ってくださるの？」

「まあ、その話をしにここに来た」わたしは言った。「まずそのまえに、現在の状況について、少し理解してもらいたい。さて、こちらはハリー・ボッシュ。わたしの調査員であり、きみの無実の主張には検討に値するものがあるかもしれないと考えたのは、彼だ」

「ああ、ありがとうございます」ルシンダ・サンズは言った。「わたしは無実です」

ボッシュはたんにうなずいた。ルシンダの話し方に少し訛りがあることにわたしは気づいた。

「あらかじめ、きみに言っておかねばならないことがある」わたしは言った。「わたしはきみになにも約束しない。わたしを弁護士として雇うことにきみが同意すれば、われわれはきみの事件を入念に調べる。そして法廷に持っていけるだけの根拠を見つければ、われわれはそれをするつもりだ。だが、繰り返すが、なんの約束もしない。おそらくわかっているだろうが、無実であることは、法廷では十分ではない。きみの状況の場合、きみは自身の無実を証明しなければならない。正直な話、現時点では、無実が証明されるまできみは有罪なんだ」

ルシンダはわたしが言い終えぬうちにうなずいていた。

「わかってます」ルシンダは言った。「だけど、わたしは夫を殺していません」

「元夫という意味だね」わたしは訂正した。「だが、最後まで話をさせてもらいたい。この件でわたしに代理人をさせたいのであるなら、委任状に署名してもらう必要がある。それにより代理権がわたしに与えられ、この事件から生じるすべての刑事および民事案件に関して、きみの代理人をわたしが務めることができるようになる。つまり、もしこの刑事事件が民事事件につながることになれば、それについてもわたしがきみの弁護士になる。おわかりか？」

「はい。署名します」

わたしは到着した際にテーブルに置いておいたファイルをひらき、委任状と同意書を抜き取った。

「これに伴う弁護料予定が添付されているので署名するまえに確認したほうがいい」

「わたしはお金を持ってません」ルシンダ・サンズは言った。

「わかってる。お金は要らない。きみがお金を取り立てることがある場合にかぎり、わたしが取り立てる。きみがお金を手に入れられるようにわたしが仕事をおこない、そこから応分のお金をいただく。だが、きみはその件を考える必要はない。現時点では、それははるか遠くにあるネバーネバーランドだ。いま大切なのは、きみをここから出す可能性があるかどうか確かめてみることだ」

わたしは書類をテーブルの上で滑らせて、ルシンダに届けた。

「署名のまえにもうひとつ」わたしは言った。「この書類は英語で書かれている。それで問題ないだろうか、また、きょうわたしたちと英語で話してかまわないかい？」

「はい」ルシンダは言った。「わたしはここで生まれました。生まれてからこのかたずっと英語を話してきました」

「オーケイ、いいだろう。少し言葉に訛りがあるのに気づいたので、確認する必要があったんだ」

「両親がグアダラハラ出身なんです。子どものころ、家庭ではスペイン語で話していました」

わたしはペンを取りだし、書類の上に置いた。彼女の片手が、テーブルの側面のパイプに手錠でつなげられていたことから、署名をする際、ずれないようにわたしは自分の手で書類を押さえた。

「まず、読みたいかい？」わたしは訊いた。

「いいえ」サンズは答える。「あなたを信用します。ホルヘ・オチョアにあなたがしたことをわたしは知っていますから」

ルシンダ・サンズは書類に署名をした。わたしはテーブルの上でその書類を滑らせて手許に戻し、ファイルに入れた。ルシンダはペンをわたしに返し、わたしはそれをしまった。

「ありがとう」わたしは言った。「これでわれわれは弁護士と依頼人という関係を結んだ。それにはわたしの調査員であるボッシュ氏も含まれている。いまから、きみはわたしになんでも話してかまわない。話された内容は、ここの四枚の壁の外ではけっして明らかにされない」

「わかりました」ルシンダ・サンズは言った。

「そしてこの件でなにが問題になっているのかについても伝える必要がある。どんな危険があるのか、それでも先に進めたいと思うのかどうかを判断できるように」

「わたしはすでに刑務所に入っています」

「ああ、だけど、きみには刑期があり、現にいま、服役中であり、いずれは釈放される。もし、人身保護請求という形できみの事件の再審を求める申立てを進めた場合、リスクがある。三つの結果がありえる。ひとつは、請求が却下され、きみは刑期を務め上げる。もうひとつの結果は、きみの有罪判決が取り消され、きみは自由の身になる。だが、第三の可能性もあるんだ――判事がきみの有罪判決を取り消すものの、きみは裁判を受けなければならなくなる。そしてもしそういうことになったら、陪審員によって有罪判決を受け、はるかに厳しい量刑を下される可能性もある――仮釈放なしの終身刑のような」

「かまいません。わたしは無実です」

わたしは少し間をあけ、ルシンダが即座に答えたことを考慮した。リスクに対して彼女は躊躇(ちゅうちょ)しなかった。目をしばたたくことやわたしから目を逸(そ)らすことをせずに彼女は答えたのだ。この事件が最終的に裁判になったとしても、ルシンダは陪審員を見ることができるだろうと、わたしは安心した——弁護側テーブルからであろうと、証人席からであろうと——おなじ揺るぎない視線で。

「オーケイ」わたしは言った。「まえに進むことのリスクを知っていてほしいだけだ」

「ありがとうございます」ルシンダは言った。

「オーケイ、では、いまも言ったように、われわれはいま弁護士依頼人間の秘匿特権に守られている。きみがなにを言おうと秘匿される。それで、まず、こう訊ねることからはじめる必要がある——この事件に関して、きみからわたしに伝えておかねばならないこと、およびわたしが知っておかねばならないことがあるだろうか？」

「わたしはあの人を殺していません。それがあなたに知っておいてもらわねばならないことです」

わたしは彼女の目をしばらくじっと見つめてから、先をつづけた。またしても、嘘つきがよくやるように目を逸らすことを彼女はしなかった。それはあらたなよい兆候だった。

「では、われわれがきみのためにできることがあればいいと願うよ」わたしは言った。「あといくつかわたしが質問し、そのあとでボッシュ氏からさらに質問させてもらうことになるだろう。面会時間はあと四十分ほどで、それを最大限に活用したいんだ。それでいいだろうか、ルシンダ？」

「ええ、オーケイです。でも、シンディと呼んでください」

「シンディ。オーケイだ。シンディ、きみが逮捕されたとき、弁護士としてシルヴァー氏を雇ったいきさつから話してくれるだろうか？」

ルシンダは返事をするまえに少し考えこまねばならなかった。

「弁護士を雇うお金がなかったんです」ようやく彼女は言った。

「では、彼は裁判所から選ばれたのかな？」わたしは訊いた。

「いえ、わたしは公選弁護人を使っていました。でも、シルヴァー弁護士が現れて、公選弁護人のところにいき、ボランティアとして弁護を引き受けてくれたんです。わたしの事件を引き受けるつもりだ、とシルヴァー弁護士は言いました」

「だけど、きみにはお金がなかったといま言ったよね。クレジットカード情報を記した書類にきみが署名したものを見たんだが」

「彼がわたしにクレジットカードを用意できるから、その形で払えると言ってくれたんです」

わたしはうなずき、シルヴァーをイタチだと最初に見なしたのは、まさにどんぴしゃりだとわかった。ルシンダ・サンズは、最初からトラブルに巻きこまれていた。

「オーケイ」わたしは言った。「きみの量刑を調べてみると、中期の刑期に銃使用の加算があってトータルで十一年の刑になっている。素行が良好なら、最大で九年くらいになるだろう。さて、そこでだ、きみはすでに刑期の半分以上を終えているのに、わたし宛の手紙では、なんとしても外に出たいと訴えていた。この場所でなにか問題が生じているのだろうか？　危険にさらされているのか？　別の刑務所に移動させる必要があるだろうか？」

「いえ、ここは問題ありません。家族にとても近いところにあるので。ですが、息子です、彼にはいまわたしが必要なんです」

「きみの息子。エリックだっけ？　彼になにが起こっているのかな？」

「あの子はわたしの母と同居して、わたしが昔住んでいた場所にいるんです」

「エリックの年齢は？」

「もうすぐ十四歳です」

「昔住んでいた場所というのは？」

「ボイルハイツです」

イーストLA。ホワイト・フェンス・ギャング団がボイルハイツに深く根を張っており、入団勧誘が十二歳の若さではじまっているのをわたしは知っていた。わたしはボッシュのほうを向いて、軽くうなずいた。われわれはふたりとも、自分の息子がその道に堕ちていかぬようにするため、ルシンダ・サンズは刑務所から出たがっているのだ、と理解した。

「きみはボイルハイツで育ったのか？」わたしは訊いた。「それがどうしてパームデールに住むようになったんだい？」

「パームデールではなく、クォーツ・ヒルです」ルシンダは言った。「夫が刑務所部門からの異動で、アンテロープ・ヴァアレー分所の配属になったんです。それで、わたしたちは引っ越しました」

「彼もボイルハイツ出身なのかい？」ボッシュが訊いた。

「ええ」ルシンダは言った。「いっしょに育ちました」

「彼はホワイト・フェンス団員なのか？」ボッシュが訊く。

「いえ」ルシンダは答えた。「でも、あの人の兄弟と父親は……団員です」

「彼が保安官事務所に勤めだしたときはどうなんだろう？」ボッシュは訊いた。「いずれかの保安官補ギャングに加わったのかい？」

ルシンダはしばらく黙りこんだ。ボッシュがその質問をもう少し配慮して訊いてくれればよかったのに、とわたしは思った。

「あの人には保安官補仲間がいました」ルシンダは言った。「徒党（クリーク）がある、とあの人からは聞いていました」

「ロベルトは、いずれかの徒党に加わっていたのかな？」ボッシュが訊いた。

「わたしたちが結婚してたときには加わっていません」ルシンダは言った。「そのあとどうなったかは知りません。だけど、あの人は変わってしまったんです」

「離婚してから彼が亡くなるまで、どれくらいの時間が経（た）ってました？」わたしが訊いた。

「三年です」ルシンダは言った。

「なにがあったんです？」わたしは訊いた。「つまり、結婚生活に」

ルシンダの顔に浮かんだ表情をわたしは読み取った。それが、自分が無実かどうかにどんな関係があるのだろう、という顔をしていた。わたし自身ももう少し配慮した質問をすればよかったのにと思った。

「シンディ、被害者ときみとの関係をわれわれはできるかぎり知らねばならないんだ」わたしは言った。「そういうことを説明するのはつらいとわかっているが、きみから直接聞く必要があるんだ」

ルシンダはうなずいた。

「たんに……あの人には女がいたんです」ルシンダは言った。「保安官補につきまとう若い女たち（ドリーズ）。そういう女遊びをはじめて、彼は変わりました。わたしたちの関係も変わりました。そういうことです。詳しくは話したくないです」

「すまない」わたしは言った。「いまのところこの話は止めておこう。だけど、またそこに戻る必要が生じるかもしれない。その女性たちのだれかの名前を知っているだろうか？」

「いえ、名前を知りたくなかったんです」ルシンダは言った。

「彼女たちの存在がどうしてわかったんだい？」わたしは訊いた。

「たんにわかったんです」ルシンダは言った。「あの人は変わってしまった」

「それは、離婚後の家庭争議の原因だったんだろうか？」

「離婚後？　いいえ。離婚したあとであの人がなにをしようと、気にしていませんでした」

「じゃあ、例の夜の言い争いは、彼がエリックを連れてくるのが遅れたことが原因だった？」

「あの人はいつも遅刻するんです。わざと」

わたしはうなずき、ボッシュのほうを見た。

「ハリー、ほかに質問はあるだろうか？」わたしは訊いた。

「いくつかある」ボッシュは言った。「保安官事務所と分所にいる彼の友人はだれかな？」

「あの人はギャング・チームにいました」ルシンダは言った。「チームの仲間があの人の友人でした。名前は知りません」

「ロベルトは臀部にタトゥを入れていた」ボッシュが言った。「ベルトラインの下に。彼がいつそれを入れたのか知っているかい？」

ルシンダは首を横に振った。

「それは初耳です」ルシンダは言った。「いっしょだったとき、あの人はタトゥを入れていませんでした」

ここに来るまえにわれわれはこの面会をどう展開させるか話し合っていなかったの

で、ロベルト・サンズがタトゥを入れた時期をなぜボッシュがはっきりさせようとしているのか、わたしにはしかとはわからなかった。ここは待って、市内へ車で戻る際に訊いてみようと決めた。

すると、ボッシュはわたしが予想していなかった質問をまた放った。

「エリックと話をするのは可能だろうか？」

「なぜです？」ルシンダが訊き返した。

「父親について彼が覚えていることを確かめるために」ボッシュは言った。「そして事件当夜について」

「だめです」ルシンダはきっぱりと言った。「そんなことさせたくありません。あの子をこの件に関わらせたくないんです」

「だけど、彼はすでに関わっているんだよ、シンディ」わたしが言った。「彼はあの夜、現場にいた。さらに重要なことに、彼はきみの家に帰るまえに一日じゅう父親といっしょにいたんだ。われわれにわかっているかぎりでは、あの日、なにが起こったのかエリックに訊いてみた人間はだれもいない。彼の父親が二時間遅れて家に息子を連れ帰った理由をわたしは知りたい」

「彼はもう十三歳だ」ボッシュは言った。「事件当日のことで、われわれの役に立つようななにかを覚えているかもしれない。それはきみの役に立つだろう」

ルシンダは許可を与えるのを断固として拒もうとしているかのように唇を結んだ。

だが、方針を変えた。

「あの子に訊いてみます」ルシンダは言った。「もしあの子がイエスと言うなら、答えはイエス、あの子と話してもらってかまいません」

「けっこう」わたしは言った。「彼を動揺させないよう最善を尽くすよ」

「父親の死について訊かれたなら、それは無理でしょう」ルシンダは言った。「エリックは父親を愛していました。あの子の父親を殺した廉で母親が刑務所に入っているのは、あの子にとってとてもつらいことなんです。わたしは自分がやっていないとわかっているのに」

「よくわかります」わたしはそう言って、うなずいた。先へ進もうとする。「きみとエリックはどれくらい頻繁に話をしていますか?」

「週に一、二度です」ルシンダは言った。「電話をかけられるなら、もっと話します」

「息子さんはきみとの面会に来ますか?」

「月に一度。わたしの母といっしょに来ます」

この女性が無実であろうとなかろうとどれほどのものを失ったのかを考えて、わたしは一瞬黙りこんだ。ボッシュがその沈黙のスペースに割りこんできて、ふたたびなんの配慮もない質問をぶつけた。

「銃は出てこなかったんだね？」ボッシュは訊いた。

ルシンダは突然質問の方向が変わったことに戸惑ったようだった。それが警察の駆け引きだとわたしは知っていた――脈絡のない質問や、文脈を外れた質問をすることで、反応を引きだし、訊問対象者を落ち着かない気持ちにさせるのだ。

ルシンダが答えようとしないと、ボッシュはさらに訊いた。

「きみの元夫を殺すのに用いられた銃は、まだ見つかっていない」ボッシュは言った。「けっして見つからないのだろうか？」

「わたしにはわかりません！」ルシンダは叫んだ。「どうしてわたしが知っているというんです？」

「おれにはわからない」ボッシュは言った。「だからこそきみに訊いたんだ。われわれがこれを調べている最中に銃が現れ、われわれときみに多大な問題をもたらすことを懸念しているんだ」

「わたしは夫を殺していませんし、だれが殺したのか知りません」ルシンダは、鋭い口調で言った。「それにわたしは銃を持っていません」

彼女はボッシュが目を逸らすまでじっと彼を見つめた。ふたたびわたしはあのまばたきをしない目つきを見た。わたしは彼女を信じはじめていた。そしてそれは、経験から、危険なことであると知っていた。

11

帰りの運転はわたしが担当した。ボッシュは前部座席の助手席に座り、フランク・シルヴァーから入手したポケット式ファイルを調べていた。後部座席で書類を広げずとも事件の見直しは可能であることをわたしに見せつけているのだろう。わたしは気づかない振りをして道路から目を離さず、ルシンダ・サンズのことと、彼女を救いだす方法を考えていた。

刑務所に出かけたのは、正しい判断だった。生身の彼女を見て、声を聞き、目を見ることで状況が一変した。たんなる訴訟事件の中心にいる人物以上の存在になったのだ。彼女はリアルな存在になり、真摯な言葉のなかにわたしは真実を感じ取った。彼女はあらゆる生き物のなかでもっともまれな存在かもしれない、とわたしは感じた。すなわち、無実の依頼人である、と。

だが、そう信じても、市内へ車で戻っていきながら、空しさを覚えずにはいられなかった。直観が告げるものは、法廷ではなんの意味も持たない。そして、まだこの件に関わりはじめたところであるものの、目のまえにあるのがもし失敗すればわが身に深い傷痕を残すであろう難事であることもわかっていた。

ボッシュとわたしは、ルシンダを面会室に連れてきた仏頂面の看守が連れ戻しにやってくるまで、彼女に質問しつづけた。ルシンダは、われわれふたりの携帯電話番号を記した紙片を手にし、事件を評価するのにわれわれが最善を尽くし、今後の進め方に関する判断を可及的速やかに下すという約束を胸に抱いて去っていった。その約束も、わたしに打つ手がなにもないので、なにもしないという最終的な決断になれば、無意味なものになってしまうだろう。

わたしはボッシュをちらりと見た。刑務所をあとにしてから、ルシンダについて言葉を交わしていなかった。わたしは運転を申し出、ボッシュはそれを受け入れた。車が発進するとすぐ、ボッシュはポケット・ファイルに取りかかった。道中、ボッシュはほとんど顔を起こさなかった。何度かわたしがブレーキを踏み、クラクションを鳴らしたときですら。

「なにを考えているんだ、ハリー？」わたしは痺れを切らして訊ねた。

「そうだな」ボッシュは言った。「長年にわたり、おれはテーブルをはさんでおおぜいの殺人犯と向き合ってきた。連中の大半は、おれの目をまっすぐ見ることができないまま、犯行を否認した。その点では、彼女はポイントを稼いだ」

わたしはうなずいた。

「おれもそう思う。あの面会室で、自分はやっていないと彼女が話したとき、前代未聞のアイデアが浮かんだんだ」

「どんなアイデアだ？」

「彼女を証人席に座らせ、その証言で判事を味方につけさせるというアイデアが浮かんだ」

「きみはいつだってそれと正反対のことを説いていると思ったんだが。依頼人は証人席に座らないようにすべきだ、と。人はみずからの発言で墓穴を掘り、刑務所に入ると言ったのはきみじゃなかったか？」

「確かにそう言ったし、ふだんは、そう説いている。おれの依頼人が証言するのは、唯一、おれがタックルを外した場合だけだと言いたいところだが、ルシンダのなにかが、それでも彼女は勝てるんじゃないかと思わせるんだ。判事は陪審員とはちがう。判事はじつに多くの嘘つきを目にしている。彼らはいつか真実を耳にしたいと願っているんだ。シルヴァーは取引に応じず、法廷に持ちこもうとルシンダを説得すればよかったんだ。陪審員をも味方につけられたかもしれない。言わば、それだけでも五〇四に相当する」

「五〇四？」

「カリフォルニア州刑法五〇四条——悪しき弁護行為に基づく判決取消だ。おれはシルヴァーにその策を取るつもりはないと言ったんだが、いまになると怪しくなってきた。少なくとも、その申立てで多少の時間は稼げるだろう」

「どうしてそうなる？」

「悪しき弁護行為に基づく人身保護申立てをおこなうと、それで法廷における当面の時間稼ぎになる。判事のまえに立つまえにもっとましな策を用意するための時間が稼げる」

「もっとましな策があればの話だが」

「まあ、なにを考えているんだと訊いたとき、おれが念頭に置いていたのがまさにそれだ。ルシンダについて訊ねているつもりはなかった。ファイルについて訊いたつもりだ。われわれの事件になにか役に立つものはあったかい？」

「まあ、ここにはたいしたものはないが、時系列記録が真実を明らかにしつつある」

「どんなふうに？」

「視野狭窄の主張をおこなえるんじゃないかな。いったん発射残渣検査でルシンダが陽性になると、彼らはほかの人間を全部無視したんだ」

「彼女だけに絞った？」

「ほぼな。時系列記録によれば、当局は、当初、ロベルト・サンズが所属していたギャング制圧班を指揮する巡査部長を呼びだした。ストックトンという名前の男だ。一年まえの銃撃戦でギャングを射殺した復讐でロベルトが殺された可能性について話そうとしていた。だが、GSRの結果が返ってきて、ルシンダを指し示すとすぐにその線での捜査は止まってしまったようだ」

「なるほど、いいぞ。それはいずれ利用できるかもしれないな。ほかになにかあったか？」

「それだけだ。GSR検査の結果を入手したとたん、捜査のほかの可能性の道筋はすべてないものにされてしまった」

わたしは満足してうなずいた。視野狭窄は刑事弁護士の親友だった。警察官がほかの可能性を見ていなかったことを示せば、陪審員に疑念を生じさせうる。彼らに疑念を抱かせたなら、捜査員の誠実さへの敬意を失わせ、疑いの種を植え付けることができる。合理的な疑いの種を。もちろん、人身保護の申立ては、陪審員によって決定されるのではなく、この商売の酸いも甘いもかみ分け、説得するのがはるかに困難な判事によって決定されるのだ。だが、それでもボッシュの見解は、わたしの尻ポケットに入れておくべきいいものだった。

「そちらの角度を調べることができる」ボッシュは言った。「復讐の観点を」

「いや」わたしは言った。「それはわれわれの仕事ではない。われわれの仕事は依頼人の無実を証明することだ。当初の捜査員が怠惰であったとか、視野狭窄に陥っていたとかを指摘すれば、こちらの主張に役立つ。だけど、代わりになる説を追いかける気はない。そんなことをする時間はないんだ」

「わかった」

「これは事情が異なるんだ、ハリー。あんたは殺人事件捜査員じゃない。われわれは事件を解決するんじゃない。ルシンダがその事件をやっていないことを証明するんだ。事情が異なる」

「おれは〝わかった〟と言ったぞ」

ボッシュはファイルに戻り、ふたたび読みはじめた。数分後、ボッシュは作業を止めた。「彼女の話は変わっていない」ボッシュは言った。「警察の聴取を書き起こしたものを読んでいた。当時の彼女の証言は、きょうの証言とまったくおなじだ。それは大きな意味がある」

「ああ、だけど、十分じゃない。アイコンタクト同様、真実を示唆しているものだが、もっと必要なんだ。はるかにもっと。ところで、いつロベルトがあのタトゥを入れたのかとあそこで彼女に訊いたのはなぜだ？」

「それを知るのが重要だと思ってる。タトゥを入れるというのは、ある種の生き方の声明なんだ」

「腕にネズミのタトゥを入れている男の意見だな」

「それは別の話だ。だが、たいていの人間が目にしない場所にタトゥを入れるのは、重要なことを語っている。知ることができればいいとたんに思っただけなんだが、タトゥはふたりが別れたあとで入れられたんだ」

「なるほど」

ボッシュはファイルを読みつづけた。ロサンジェルスまで半分のところまで来ていた。わたしは事件の次のステップについて考えはじめ、連邦裁に持っていくべきか、州の裁判所に持っていくべきかを検討した。どちらにも利点と欠点があった。連邦裁判所の判事は有権者に借りが無く、無実の証拠がそこにあるならば、有罪判決を受けた殺人犯を釈放させるのに躊躇しないだろう。だが、担当事件件数が比較的少ないことから、連邦の裁判官は、一般的に、申立てや証拠の検討にかなり慎重だった。

車のブルートゥース接続を通してわたしの携帯電話が鳴った。ルシンダ・サンズが刑務所からかけてきたコレクトコールだった。わたしはその通話を承諾し、ボッシュといっしょにまだロサンジェルス市に向かって戻っている車のなかであり、ふたりでこの通話を聞こうとしている、とルシンダに伝えた。

「母に電話をしたところ、エリックに代わってくれて、あの子と話ができました」ルシンダは言った。「あなたたちと話をする、とあの子は言いました」

「いつがいいだろう？」わたしは訊いた。

「いつでも、お望みのときに」ルシンダは言った。「あの子は、いま自宅にいます」

ボッシュに視線を走らせたところ、彼はうなずいた。少年と話をするのは、ボッシュのアイデアだった。

「そしてお母さんもそれでかまわないんだね？」わたしは訊ねた。

「母は、いいと言いました」ルシンダは答えた。

「わかった、お母さんの電話番号を教えてほしい。こちらから連絡し、いまから伺うと伝える」

「きょうですか？　ほんとですか？」

「そうしたほうがいいんだ、シンディ。きょう、われわれには時間がある。あすになったらわからない」

ルシンダが母親の電話番号を伝え、それをボッシュが書き取るのをわたしは見た。ダッシュボード・スクリーンの消音ボタンを押す。「彼女が電話に出ているあいだ、なにか訊きたいことはあるか？」わたしはボッシュに訊いた。

ボッシュは一瞬ためらってからうなずいた。わたしは消音を解除した。

「シンディ？」わたしは訊いた。

「はい」彼女は言った。

「ハリーがきみに訊きたいことがある」わたしは言った。「ハリー、頼む」

ボッシュはダッシュボードの中央に身を傾けた。あたかもそうするほうが声を聞こえやすくできると思っているかのようだった。

「シンディ」ボッシュは呼びかけた。「腕と手の検査で発射残渣が確認されたと刑事に言われたのを覚えているかい？」

「あいつらはそう言ったけど、それは嘘よ」ルシンダが言った。「わたしは銃を撃っていません」

「わかってる。そしてきみは彼らにそう言った。おれが訊きたいのは検査についてだ。刑事たちとの聴取で、保安官補の男がきみに検査をおこなったと連中が言ったとき、検査したのは女性だったときみは言った。それを覚えているかい？」

「女性保安官補がわたしのところに来て、銃の検査をしなければならない、と言ったの。そしてその女性はわたしの両手と両腕、それに上着の前面を拭ったわ」

「相手が女性であるのは確かかい？」

「ええ」

「その女性とは顔見知りだったか、あるいは名前を聞いただろうか？」

ルシンダが答えるまえに電子音が通話を中断させ、あと一分で電話が切れるというアナウンスが流れた。その中断が終わるとボッシュはルシンダに返事を促した。

「シンディ、きみの検査をおこなった保安官補はだれだった？」

「わからない。名乗った気がしない。ロビーといっしょに働いていると言ってた。それは覚えている」

「彼女は刑事だったか？」

「わからない」

「では、制服あるいは私服、どちらだった？」

「私服を着ていた。チェーンにバッジをつけていた」

「首にかけていた？」

「ええ」

「また会ったら、わかるかい？」

「あー、どうかな……たぶんわかると思うけど――」

　電話が切れた。

「クソ、切れた」ボッシュは言った。

「いまのはなんの話だったんだ？」わたしは訊いた。

「ちょうど聴取の書き起こしを読んでいたところだ。刑事たちはシンディに発射残渣（GSR）の結果をぶつけ、名前は言わなかったが、男性の保安官補がＧＳＲ検査を実施したと説明した。すると、保安官補は女性だったとシンディは言ったんだ」

「なるほど。で、そのなにが重要なんだ？」

「うん、読んでみると、どこかズレている気がするんだ。保安官事務所の事件現場捜査手順を知らないんだが、ロス市警のそれとそんなに異なっているはずがない。そのうえで言うと、ロス市警では、発射残渣検査は刑事がおこなうものなんだ。あるいは、少なくとも、科捜の技官がおこなう。被害者といっしょに働いている人間がおこなうことはけっしてない」

書き起こしでそのやり取りを読んだことを思いだした。わたしの場合、ボッシュのようにフラグは立たなかった。だが、それこそボッシュがボッシュたるゆえんだった。以前にも見たことがある。事件の細部と証拠を見て、辻褄が合うか合わないかを見抜く能力をボッシュは持っていた。彼はほかのプレイヤーがチェッカーをしているときにチェスをするのだ。

「おもしろい」やがてわたしは言った。「じゃあ、女性の刑事だったというわけか？」

「かならずしもそうじゃない」ボッシュは言った。「自宅から呼びだされて、制服を着る時間がなかった人間だった可能性はある。だけど、ロベルトの班の人間だったようだ。刑事は通常、ベルトにバッジをつけているものだ。チェーンにバッジを付けているのは、ギャング担当や麻薬担当のような私服で行動している部門の人間であることを示している。ふだんは隠していて、手入れや事件現場のような緊急事態に引っ張りだせるようチェーンにつなげているんだ」

「なるほど」

ボッシュは膝の上に置いたファイルのポケットをさぐりはじめた。わたしが見ていると、彼は一枚の書類を引っ張りだした。

「これは最初の事件報告書だ。最初に出動したふたりの保安官補の名前が記されている――グチエレスとスペイン」

「そうだな、そのふたりに話を聞く必要がある」

「いますぐでないほうがいい。思いだしてくれ、用意が整うまで足跡を残さないと言ったのはきみだぞ？」

わたしはうなずいた。「そのとおりだ」

ボッシュはあらたな書類を取りだした。

「それはなんだ？」わたしは訊いた。

「証拠のログだ」ボッシュは言った。「証拠保全記録だ」

ボッシュはその書類にざっと目を通してから先をつづけた。

「ＧＳＲの拭い取りをしたパッドは、キース・ミッチェルという名の保安官補が回収したと記されている」

「それも追跡する必要があるな」

「なんの意味もないかもしれない。だけど、おれは調べるつもりだ」

「それで、シンディの息子と話すのはどういうふうにやりたい？」

「まだわからん。まず、このファイルを読み終わらせてくれ。それからその話をしよう。シンディの母親に電話して、これから伺うと伝えたらどうだ？」

「いいとも」

12

ルシンダ・サンズが育った家は、ボイルハイツのモット・ストリートにあった。ギャングの落書きと放置によって荒れ果てている地域だった。住宅の多くは、前庭の芝生を白い杭垣(くいがき)が囲む形になっており、何世代もこの地域を支配してきたストリート・ギャングに忠誠を誓い、庇護(ひご)を受けているしるしだった。ルシンダの母親は、ムリエル・ロペスという名前だった。ムリエルの家には、その杭垣があり、そこにふたりのギャングも付属していた。チノパンと、両腕のタトゥをこれ見よがしにしているタンクトップ(ワイフビーター)を着たふたりの男は、われわれが路肩に車を寄せて停めたとき、玄関ポーチで待ちかまえていた。

「いやになるな」わたしは言った。「歓迎委員会が設立されているみたいだぞ」

ボッシュは読んでいた報告書から顔を起こし、こちらをにらみつけている、ふたりの男を見た。

「住所は間違っていないな？」ボッシュは訊いた。

「ああ」わたしは言った。「ここだ」

「知っといてほしいが、おれは銃を持っていないぞ」

「めんどうなことにはならないと思う」

われわれは車を降り、わたしがボッシュの先に立って、杭垣にある門扉を押しあけた。

「やあ、ミズ・ロペスに会いにきたんだ」わたしは言った。「家にいるだろうか？」

男たちはどちらも三十代前半だった。ひとりは背が高く、もうひとりはずんぐりしていた。

「あんたは弁護士か？」背が高いほうの男が訊いた。

「そのとおりだ」わたしは答えた。

「で、そいつはなんだ？」男は訊いた。「ポリ公みたいに見える。老いぼれポリ公に」

「わたしの調査員だ」わたしは言った。「だから、わたしに同行している」

事態がそれ以上緊迫するまえに玄関のドアがひらき、白髪頭の女性が顔を出すと、早口で聞き取れないスペイン語をまくしたてた。二十歳年を取ったルシンダを見ているかのようだった。ムリエルは娘とおなじ黒っぽい瞳と浅黒い肌、おなじがっしりとした顎をしていた。髪は白くなっていたが、ポニーテールに結んで、娘とおなじ富士びたい（ウィドーズ・ピーク）をあらわにしていた（V字形の額の生え際。夫に先立たれる相という迷信がある）。

ふたりの男たちはムリエルに返事をしなかったが、彼らがテストステロン値を数段階下げたのが見て取れた。

「ハラーさん」女性は言った。「あたしがムリエルさ。入っとくれ」

われわれはポーチに上がり、ドアに向かった。ふたりの男は左右にしりぞき、家の入り口の両側に立った。ふたたび口をひらいたのは、背の高いほうの男だった。

「ルシンダをムショから出してくれるんだってな？」男は訊いた。

「まちがいなく、その努力をするつもりだよ」わたしは言った。

「いくら払わなきゃならないんだ？」

「ゼロだ」

わたしは男の目をじっと見つめてから、家のなかに入った。ボッシュが次にふたりのあいだを通り過ぎた。

「まだ警察の人間のように見えるぜ」背の高いほうの男が言った。

ボッシュは返事をしなかった。たんに家のなかに入っていき、そのあと、ムリエルがドアをしめた。

「エリックを連れてくるよ」ムリエルは言った。

「ちょっと待ってください（ウン・モメント）、ムリエル」わたしは言った。「あの連中は何者ですか？　どうしてわれわれが来ることを彼らが知っているんです？」

「あんたに話しかけたのは、息子のカルロスだ——ルシンダの弟さ。セサールは、娘のいとこなんだ」

「われわれがエリックと話をしに来ることをふたりに話したんですか？」

「あんたがここへ来るつもりだと電話で伝えてきたとき、あのふたりはここにいたんだよ」

「彼らはここに住んでいるんですか？」

「いや、通りの先に住んでる。でも、よくやって来るんだ」

わたしはうなずき、ルシンダの切迫した状況をじかに理解した——ギャングとしての未来から息子を救えるよう彼女は自由を勝ち取る必要があるのだ。

ムリエルの案内でリビングに通されると、彼女は自室にいるエリックを呼んでくると言った。待っていると、くぐもった会話が聞こえ、やがてムリエルがエリック・サンズと手をつないで戻ってきた。少年は緑の半ズボンに白いポロシャツを着て、赤と黒のスニーカーを履いていた。わたしはすぐに間違えようのない遺伝的遺産の継続を目にした。黒っぽい瞳、ライトブラウンの肌、髪の生え際もおなじだった。数時間のあいだにこの家族の三世代を目にした。だが、少年は、十三歳にしては、わたしが想像していたよりも小柄で、華奢（きゃしゃ）に見えた。シャツは少なくとも二サイズは大きく、骨張った肩から垂れ下がっていた。

ひどく弱々しく見えるため、この小柄な少年に父親の死と母親の有罪判決について話をすることを認めるようルシンダに頼んだことをわたしは後悔しはじめていた。ボッシュとわたしは、ボイルハイツに近づいている際に状況を整理して、まずわたしが自分たちの紹介をしたあとで、ボッシュが質問を取り仕切ることに決めていた。わたしがいま感じているのとおなじ雰囲気をハリーも感じ取り、聴取を穏当におこなってくれるよう願った。

リビングには所狭しと家具が並べられ、壁やテーブルには家族の写真が飾られていた。ルシンダの写真といまよりも幼いころのエリックの写真が多かった。エリックが成長の過程で母親の有罪を信じるようになれば、写真は飾られなくなるような気がした。

ボッシュとわたしは、クッションが擦り切れて形が歪（ゆが）んでいるチョコレート・ブラウン色のカウチに座り、エリックと祖母はふたりで座って十分幅に余裕がある向かいのおなじ色の椅子に腰かけた。ムリエルは、われわれの依頼人の息子との面談以外には、コーヒーも水もなにも提供しなかった。

「エリック、わたしはミッキー・ハラー」わたしは話しはじめた。「きみのお母さんの弁護士だ。そしてこちらは調査員のハリー・ボッシュ。われわれはきみのお母さんをきみのもとに戻そうとしている。彼女の事件を法廷に持っていき、したと言われたことを彼女はしていないと、判事に証明したいと考えている。そこまではわかってくれるだろうか、エリック？」

「うん」少年の声はか細く、ためらいがちだった。

「きみにとってこれがつらいことなのはわかってる」わたしは言った。「だから、もし休みたいとか、止めたいとか思ったら、いつでもそう言ってくれれば、われわれは止める。それでいいだろうか？」

「オーケイ」

「いいぞ、エリック。われわれはできればきみのお母さんを助けたいと本気で思っているんだ。お母さんにうちに帰ってきてほしいときみは願っているはずだ」

「うん」

「よし。じゃあ、ここからはハリーに任せる。話をすることに同意してくれてありがとう、エリック。ハリー？」

わたしが視線を向けると、ボッシュがペンとメモ用紙を取りだし、用意をしているのが見えた。

「ハリー、メモは取らないでくれ」わたしは言った。「話だけにしてほしい」

ボッシュはうなずき、おそらくはわたしの指示が少年に対して堅苦しいものにしたくないという願いから生じたものだと思ったのだろう。あとで説明するつもりだが、書いたメモは開示請求により相手側の手に渡りうるのだ。わたしが自分に課しているルールのひとつだった――メモを取らなければ、開示するものもない。ボッシュが刑事弁護の仕事をつづけるなら、自分のやり方を調整する必要があるだろう。

「オーケイ、エリック」ボッシュは言った。「いくつか基本的な質問からはじめたい。きみは十三歳だな？」

「うん」

「どの学校に通ってる？」

「在宅教育（ホームスクール）」

わたしはムリエルのほうを見て、確認した。

「ああ、あたしがエリックの勉強を見てる」彼女は言った。「学校の生徒は、残酷なんだ」

エリックは体の小ささの件や、あるいはひょっとして、彼の母親が彼の父親を殺して刑務所に服役していることをほかの子どもたちが知っているなら、そのせいでいじめられるか、からかわれているという意味だとわたしはいまの言葉を受け取った。ボッシュはそれを受け流して、質問をつづけた。

「好きなスポーツはあるかい、エリック？」ボッシュは訊いた。

「フットボールが好き」エリックは答える。

「どのフットボールかな？　サッカー、それとも、たとえば、NFLのラムズ？」

「チャージャーズが好き（ロサンジェルス・チャージャーズは、AFC西地区のチーム。ロサンジェルス・ラムズは、NFC西地区のチーム）」

ボッシュはうなずき、笑みを浮かべた。

「わたしもチャージャーズのファンだ。だけど、去年のレギュラー・シーズンの成績は悪かったな。もう試合を見にいったかい？」

「ううん、まだ」

ボッシュはうなずいた。

「さて、ハラー弁護士が言ったように、きみのお母さんを助けたいんだ」ボッシュは言った。「お父さんを失い、お母さんが連れていかれたのはひどい日だとわかっているが、その件で話をできたらいいと思っているんだ。その日のことを覚えているかい、エリック？」

　少年は膝のあいだで組み合わせている両手を見おろした。

「うん」エリックは言った。

「いいぞ」ボッシュは言った。「覚えているかな、きみがその日なにか見聞きしたかもしれないことについて保安官補が話しかけてきたことを？」

「女の人だった。その人がぼくに話しかけてきたんだ」

「その人は制服を着ていたかい？　バッジは持っていた？」

「制服じゃなかった。チェーンにバッジを付けていた。彼女がぼくを車のうしろの席に乗せたんだ、悪い人を乗せる席に」

「つまり、逮捕されたときにという意味かな？」

「うん。だけど、だれも悪いことはしていないよ」

「もちろん、そうだ。きみの安全をはかるためにそこに乗ってもらうと彼女は言ったはずだ」

　エリックは肩をすくめた。「わからない」

「その人は車のなかできみに聞き取りをしたのかな？」

「ママとパパのことで質問してきた」

「彼女になんと言ったのか覚えているかい？」

「ふたりが怒鳴り合っていたことと、自分の部屋にいけとママに言われたことだけ」

「ほかになにか見たり聞いたりしたかい？」

「あまり。あの人たちは、ママがパパを撃ったと言ってたけど、ぼくはそれを見ていない」


　ムリエルが少年に腕をまわし、自分のほうにぎゅっと引き寄せた。

「そんなことあるもんか、おまえ（ミホ）、あるもんか」ムリエルは言った。「あんたの母さんは無実（イノセンテ）だよ」

　少年はうなずき、いまにも泣きだしそうだった。割りこんで、この聞き取りを止めさせるべきかもしれない、とわたしは考えた。エリックはすでに知られていることから外れた情報をなにも提供してくれそうになかった。だれがエリックに聞き取りをしたのかが気になるところだった。シルヴァーと、公文書保管部門の裁判所記録から集めた不十分な記録には、その聴取の書き起こしはなかったからだ。エリックはその年齢——当時八歳だった——と、彼が自室にいて、発砲を目撃していないという事実から重要な証人と見なされなかったのではないだろうか。

　ボッシュは質問をつづけた。実際の殺人から離れ、あらたな方向に向かう。

「きみはそのときの週末をお父さんといっしょに過ごしたんだね？」ボッシュは訊いた。

「うん」エリックは言った。

「お父さんといっしょになにをしたのか覚えているかい？」

「パパのアパートにいて、マティが夕食を作ってくれて、それから――」

「ちょっとあともどりしよう、エリック。マティってだれだい？」

「パパのガールフレンド」

「なるほど、わかった。じゃあ、彼女が夕食を作ってくれたんだ。それは土曜の夜だったのかな？」

「うん」

「じゃあ、日曜日はどうだった？」

「〈チャック・E・チーズ〉にいった」

「そこはきみのお父さんが住んでいた場所に近かったのかな？」

「そう思う。よくわからない」

「そのお店にいったのは、きみとお父さんだけだったのか、それともマティもいっしれたんだ」

「どうして彼は出かけなきゃいけなくなって、マティがぼくにつきそってく

よにいったのかな？」

「マティも来た。パパが出かけなきゃいけなくなって、マティがぼくにつきそってく

は言ったんだ。それで、パパが戻ってくるまで、ぼくは残っていて、遊んでいなきゃ

「電話がかかってきて、仕事の打ち合わせがあって、出席しなきゃならない、とパパ

ならなかった」

「だから、きみのお母さんの家に戻るのが遅れたんだろうか？」

「覚えてない」

「それはかまわない、エリック。ここまですばらしいぞ。お父さんとマティといっしょに〈チャック・E・チーズ〉にいった以外に、その日のことでなにかほかに覚えているることはあるかな？」

「ないなあ。ごめん」

「ううん、かまわない。たくさんの情報を与えてくれたよ。最後の質問だ。お母さんの家でおろされたとき、マティはきみのお父さんときみといっしょにいたのかな？」

「いや、もしマティが家にいったらママが怒るだろうとパパは考えて、まずアパート

にマティを送っていったんだ」

「なるほど。じゃあ、マティはアパートで降りたんだ」

「ぼくは車のなかに残り、ふたりがアパートに入っていった。そのあとパパが出てきて、ぼくらは出かけた。暗くなっていた」

「ふたりできみの家に戻るとき、お父さんは仕事にいかなければならなかった理由について、なにかほかに言っただろうか？」

「ううん。覚えていない」

「その日の打ち合わせのことを、車のなかで話しかけてきた女性にきみは話したかい？」

「思いだせない」

「オーケイ、エリック。なにかわたしかハラー弁護士に訊きたいことはあるかい？」

少年は肩をすくめ、ボッシュからわたしに視線を向け、またボッシュに視線を戻した。

「ママを刑務所から出してくれるの？」少年は訊いた。

「われわれはなにも約束できない。だけど、ハラー弁護士が言ったように、きみのお母さんを助けたいと本気で思っている」

「ママがやったと思ってる?」

まさにそれだ。この少年が毎日直面している疑問だった。

「率直に言おう、エリック」ボッシュは言った。「きみにけっして嘘をつかない。だから、こういう言い方をさせてくれ——まだわからないんだ。だけど、この事件には、釈然としないところ、腑に落ちないところがたくさんある。なにが言いたいかわかるだろうか? だから、お母さんに関して当局が判断ミスをして、実際にはお母さんがやっていない可能性があると思う。わたしはそれをさらに調べてみて、ここに戻ってきて、知っていることをきみに話そう。そして嘘はつかない。それでいいだろうか?」

「オーケイ」エリックは言った。

聞き取りは終わった。全員立ち上がり、ムリエルはエリックに自室に戻って、コンピュータで遊んできていい、と告げた。少年がいなくなると、わたしはムリエルを見た。

「マティが何者か知っていますか?」わたしは訊いた。

「マティルダ・ランダス」ムリエルは言った。「ロベルトの淫売だよ」

ムリエルは吐き捨てるように言った。娘よりも訛りが強く、それらの言葉は鋭く、

辛辣に発せられた。結婚生活が壊れた原因である保安官補につきまとう若い女たちに
ついてルシンダが話していたことを思いだした。
「ロベルトは結婚が破綻するまえにマティルダと関係していたんですか？」わたしは
訊いた。
「あの男はちがうと言ってたけどね」ムリエルは言った。「だけど、あいつは嘘つき
だ」
「事件以降、彼女から連絡があったり、見かけたりしたことはありますか？」ボッシ
ュが訊いた。
「どこにいるのか知らないね」ムリエルは言った。「知りたくもない。淫売め！」
「では、その件は置いとくことにしましょう」わたしは言った。「お時間を取らせま
した、ムリエル。それからエリックと話をさせてくれてありがとうございます。聡明
なお子さんのようです。あなたがいい教師なんですね」
「あの子を善人にするのがあたしの仕事なんだ」ムリエルは言った。「だけど、難し
いよ。ギャング連中があの子を欲しがっている」
「わかります」わたしは言った。
おじのカルロスやいとこおじのセサールに孫息子が会うのを制限することを提案し

ようと考えたが、わたしはそうしないことにした。

「あの子をここから連れだせるよう、なんとしても娘を出してちょうだい」ムリエルが言った。

「努力します」

「ありがとう」

ムリエルの目には、娘が家にすぐ帰ってくることを願う気持ちが表れていた。ボッシュとわたしは彼女に再度礼を告げると、ドアに向かった。

われわれの出たあとでムリエルがドアを閉めると、ポーチの毛布のかかった椅子に歓迎委員会のひとりが座っているのが目に入った。そいつが立ち上がった。先ほど口をひらいた男だった。ルシンダの弟、カルロスだ。

「リンカーン弁護士」カルロスは言った。「ビルボードで見たぞ。いかれた(ピンチエ・ペンデホ)車に乗ったピエロみたいな写真だ」

「たぶんわたしのベストショットじゃないんだろう」わたしは言った。「だけど、それは見解の相違だな」

カルロスはわたしに近づいてきた。両手を合わせ、タトゥまみれの上腕二頭筋を誇示している。視野の片隅でボッシュが緊張するのがわかった。わたしは笑みを浮かべ、この状況を和らげようとした。

「きみはエリックのおじのカルロスだろ?」わたしは言った。

「ヘマをするなよ、リンカーン弁護士」カルロスは言った。

「そのつもりはない」

「誓え」

「約束はしないんだ。あまりにも多くの変数が——」

「ヘマをしてみろ、ただじゃすまんぞ」

「だったら、いますぐここでわたしが辞めて、きみがそれをお姉さんに説明するというのはどうだ」

「もう辞められんよ、リンカーン弁護士。おまえはもう足を突っこんでる」

カルロスは脇へどいて、わたしに階段をさがらせた。

「忘れるな——ただじゃすまんからな」カルロスはわたしの背中に向かって言った。

「間違いをただせ。さもなきゃおれがただしにいく」

わたしは振り返らずに手を振った。

13

ボッシュがナヴィゲーターの手綱を握り、われわれはモット・ストリートを出た。ほかのホワイト・フェンス・ギャングがリンカーン弁護士との謁見を望む場合に備えて回避行動を取る用意をしている云々(うんぬん)の話をボッシュはした。セサール・チャベス・アヴェニューを通って、イースタン・アヴェニューに向かうよう、わたしはボッシュに言った。ホーム・オブ・ピース・メモリアル・パーク(ロサンジェルス最古のユダヤ教墓地)に予定外の立ち寄りをするつもりだった。大会堂まで車を進め、連絡道路の脇に車を寄せて停めるよう、指示した。

「長くはかからない」

わたしは車を降り、会堂に入っていくと、死者の名前が並んでいる通廊の一本を進んだ。ここに来たのはほぼ一年ぶりで、自分で代金を払って名を刻んだ真鍮(しんちゅう)の銘板を見つけるのに数分かかった。だが、さがしていた銘板は、ノイフェルドという名とカッツという名の銘板のあいだにあった。

デイヴィッド・〝リーガル〟・シーゲル
弁護士
1932―2022
「どんないいことにも終わりは来る」

その銘文はシーゲルが望んだものだった。最後の要望のなかでみずからそう書いていた。わたしは銘板のまえに黙って立った。背後の壁の着色ガラスから光が射しこんでくる。

シーゲルがいなくなってとても寂しかった。法廷の内外でだれよりもシーゲルから学んだのだ。親より、教授より、判事より、これまでに知り合ったどんな弁護士よりも。彼は、わたしを庇護し、弁護士になる術を、一人前の人間になる術を示してくれた。ホルヘ・オチョアが法のしがらみをいっさい断ち切って自由な人間として刑務所から歩みでてくる姿をわたしとともにシーゲルに見てもらいたかった。祝いたい無罪の評決、貪りたい反対訊問、陪審員が自分の言いなりになっているのがわかるというアドレナリンがあふれる瞬間があった。長年のあいだにそれらすべてを経験した。何度も。だが、復活の歩みに勝るものはなにもなかった――手錠が外され、天国の門のように最後の金属扉がひらき、無実を宣言された男あるいは女が、待ち受ける家族の腕のなかに歩いていき、人生と法律において復活を遂げるのに勝るものは。そうした家族と同席し、それを成し遂げたのが自分であるとわかっていることほど、いい気分になることはこの世にない。

フランク・シルヴァーは、わたしがやろうとしていることに関して、まちがった考えを抱いていた。たしかに、思いがけない大金が転がりこむ可能性がある。だが、わたしが求めているのはそれではなかった。ホルヘ・オチョアとともに、わたしは復活の歩みがもたらすアドレナリンの高揚を感じてしまい、いまやそれに取り憑かれていた。弁護士のキャリアのなかで一度ないし二度しか起こらない可能性があったが、わたしは気にしなかった。あの瞬間をもう一度味わいたいと願い、そのためならなんだってする気になっていた。刑務所の門の外に立ち、生者の地に戻る依頼人を歓迎したかった。ルシンダ・サンズがその依頼人になるかどうかは、わからなかった。だが、リンカーン弁護士はガソリン満タンで、復活の道をふたたび走る準備ができていた。

会堂の扉がひらく音が聞こえ、やがてボッシュがわたしのかたわらに立った。彼はわたしの視線を追って、壁にある銘板を見た。

「リーガル・シーゲル」ボッシュは言った。「このボイルハイツで彼はなにをしていたんだ？」

「シーゲルはここで生まれたんだ」わたしは言った。

「てっきりウェストサイドの人間だと思っていた」

「一九三〇年代、四〇年代当時、ボイルハイツにはラテン系よりユダヤ人のほうがおおぜい住んでいたんだ。知ってたか？　イースト・ロスではなく、ロワー・イーストサイドと呼ばれていた。それにセサール・チャベス・アヴェニューだって？　当時は、ブルックリン・アヴェニューだった」

「詳しいな」

「リーガル・シーゲルからの受け売りだ。彼から伝え聞いた。百五十年まえ、この墓地は、チャベス・ラヴィーンにあった。その後、埋葬者を全部掘り起こして、ここへ埋め直したんだ」

「いまはチャベス・ラヴィーンは、チャベス渓谷（ラヴィーン）じゃない。野球場になっている（ドジャー・スタジアムがある）」

「この街じゃ、長く変わらないものはなにもない」

らいた。

「そのとおりだな」

われわれはしばらく敬意をこめて黙ったまま立っていた。やがてボッシュが口をひ

「最期の様子はどうだったんだ?」ボッシュは訊いた。「つまり、認知症だったんだろ」

「完全にな」わたしは言った。「認知症になったと知って動揺し、自分が自分でなくなってしまうことをひどく怖がっていた」

「きみの見分けはついたのか?」

「おれをおれの父だと思っていた。おなじ名前だし。だけど、父だと思っているのはわかった。弁護士として三十年間寄り添ってきたパートナーである、と。いろいろ話してくれて、最初、おれはそれを実話だと思ったんだが、映画に出てきた場面だとあとになって気づいた。クリーニング店のシャツの箱に詰めこまれた賄賂の話とか」

「実話じゃなかったのか?」

「『グッドフェローズ』さ——見たことあるかい?」

「見てない」

「いい映画だぞ」

われわれはまた黙りこんだ。ひとりきりになりたくて、ボッシュに車へ戻ってほしいと願った。最後にリーガル・シーゲルと会ったときのことを思い浮かべる。ホスピスの病室に〈カンターズ〉で買ったコーンビーフ・サンドイッチをこっそり持ちこんだ。だが、シーゲルは、その店もサンドイッチも覚えておらず、いずれにせよ、食べる力が残っていなかった。その二週間後、彼は亡くなった。

「あのさ、ここにも〈カンターズ〉があったんだ」わたしは言った。「デリカテッセンの。百年まえとおなじように。そのあと、フェアファックスに移転してしまった。シェリー対クレーマーがいろんなことを変えたんだ」

「シェリー対クレーマー？」ボッシュが訊いた。

「七十五年まえに最高裁判決が下った裁判だ。不動産売買に関する人種的、民族的制限を取り除いた。ユダヤ人、黒人、中国人――その裁定後、彼らはどこの不動産を買ってもよく、好きなところに住んでもよくなった。もちろん、かなりの勇気が必要なのはいまでも変わりはない。その裁定が下ったおなじ年、ナット・キング・コールがハンコック・パークに住宅を買ったんだが、人種偏見を持つ連中がコールの家の芝生で十字架を燃やした」

ボッシュはうなずくだけだった。わたしは主張をつづけた。

「とにかく、当時、裁判所はわれわれをまえへ進めようとしていた。偉大な社会に向かって。いまは、われわれを後戻りさせたいようだけど」

少しの沈黙ののち、ボッシュは銘板を指し示した。

「どんないいことにも終わりは来るという文言だが」ボッシュは言った。「〈高朋飯店〉で食事をしようと最後にいったとき、閉まっていたドアにおなじ言葉が書かれていた」

わたしはまえに進みでて、壁に片手をつき、リーガルの名前を覆い、しばらくその手をそこに置いた。わたしは頭を垂れた。

「言い得て妙だな」わたしは言った。

ナヴィゲーターに戻るまで、カルロス・ロペスの脅しを話題にしなかった。

「で、あの男は、きみがヘマをしたら本気でただではすまさないつもりだと思うか？」ボッシュが訊いた。

「見当もつかない」わたしは言った。「あいつはマッチョなギャングの倫理観に囚われている。ああ言いながら、自分でもなにを言っているのかわかっていないかもしれない」

「あれを脅しと受け取らないというわけか？」

「深刻なものじゃないだろう。脅かしたほうがおれがもっと真剣に弁護活動をおこなうだろうとだれかが思うのは、はじめてのことじゃない。最後にもならんだろう。ここから出よう、ハリー。おれの家まで送ってくれ」

「わかった」

第三部　副作用

14

アイソトープが体のなかを動くのをボッシュは感じることができた。血管のなかを冷たく流れ、肩を越え、決壊したダムの水のように胸に広がっていく。ボッシュは目のまえに広げたファイルに集中しようとした。エドワード・コウルドウェル、五十七歳は、四年まえビジネス・パートナーを殺害したとして有罪判決を受け、控訴審を終えたばかりで、リンカーン弁護士にその名にかけて奇跡を起こしてもらいたがっていた。

ボッシュは裁判所公文書保管部門で手に入れた事件関連書類をまとめたファイルにまだ半分しか目を通していなかった。コウルドウェルは裁判に打ってでて、陪審員は、無罪を主張する彼に不利な証拠を信じたようだった。この事件がリンカーン弁護士の時間と努力を費やすに値するかどうかを決めるのは、ボッシュの役目だった。

ボッシュは有罪判決を下された殺人犯がハラーに送ってきた手紙だけを根拠に、コウルドウェルの事件を深く調べてみる判断をしていた。ハラーの法律上の専門知識を必要としている依頼の大半は、無実を繰り返し主張し、検察権の濫用および見過ごされた証拠あるいは不当に却下された証拠があったことを申立てているものだった。コウルドウェルの手紙もかなりその傾向があったが、真犯人を明らかにし、そいつがだれかほかの人間を殺すのを止めさせたいという真摯な訴えに思えるものも含まれていた。ボッシュが目を通したほかの要請にはそのようなものは見当たらず、それが心の琴線に触れた。殺人事件捜査に取り組んできた四十年以上のキャリアのなかで、ボッシュは同様の感情にある程度突き動かされてきた——殺人犯を捕らえることができたなら、将来、あらたな被害者やその家族を破滅から救えるだろう、と。

今回の事件はロサンジェルス市警察が担当していた。捜査責任者の刑事は、ガスト・ガルシアという名の手堅い捜査員であり、ボッシュも知っており、尊敬していた。殺人事件特捜班の古参のひとりであり、ボッシュが配属されるまえからそこにいて、ボッシュが辞めたあともまだそこにいた。ガルシアの名前を初期事件要約の作成者リストに見つけたとき、ボッシュは事件の見直しをそこで止めそうになった。ガルシアが事件を台無しにするようなことをするとは思わなかった——つまり、無実の男を彼がやっていない殺人の廉で刑務所送りにしたとは思わなかった。だが、ファイルは目を通すために持ってきたものであり、半時間かそこらで検査チームから解放されるはずだった。

そのため、ボッシュは読みつづけた。ガルシアは捜査の時系列記録を丁寧に詳しく付けており、ボッシュのような経験を持っている人間にとって、楽しく読めるものだった。だが、次々とページをめくっていっても、なんら不適切なものは見当たらなかった。追っていない手がかりはなく、取られていない措置はなく、飛ばされた聴取はなかった。ミッキー・ハラーへの最初の手紙のなかでコウルドウェルは、スピロ・アポダカ殺害の罪をかぶるように仕向けられたと主張していた。アポダカは、コウルドウェルが出資していたシルヴァー・レイクにあるレストランの経営者だった。すでにボッシュが目を通した報告書と証拠によれば、ふたりはアポダカがその出資金を使っておこなったことで意見の食い違いがあり、それが殺人につながったということだった。ガルシアの卓越した働きで、嘱託殺人を請け負ったジョン・マリンの身元が判明し、逮捕されると、マリンは減刑と引き換えに殺しの依頼人に不利な証言をする取引を検察官とすることを選択した。

ボッシュの見るかぎりでは、コウルドウェルが無実であると考えられるのは、アポダカを殺すためにだれに雇われたのかについてマリンが嘘をついている場合だけだっ

「ホール・オブ・ジャスティスに。あそこにある檻に揺さぶりをかけてやる頃合いだ」

ボッシュはミラーを確認してから、リンカーンを発進させ、オード・ストリートの縁石から車を離した。

「だれの檻を揺さぶるんだ？」ボッシュが訊いた。

「アコスタとサンズの事件を両方とも担当していた地区検事補は、アンドレア・フォンテーンだ。当時、彼女はアンテロープ・ヴァレー裁判所に配属されていた。いまは、ダウンタウンの重大犯罪課にいる。彼女を訪ね、その二件と、彼らとおこなった答弁取引についてなにを言うのか確かめてみることを考えていた。自分自身に有利な取引をしたかもしれないという気がする」

「大規模な陰謀の話をしているぞ。保安官事務所だけでなく、地区検事局もからんだ」

「おいおい、陰謀論は、刑事弁護士の生きる糧だぞ」

「すばらしい。真実はどうでもいいのか？」

「おれが関わってきた法廷では、真実はあまり見つからないものなんだ」

ボッシュはそれに言い返してこなかった。五分でホール・オブ・ジャスティス・ビルにたどりついたが、駐車できる場所を見つけるのにさらに十分かかった。車を降りるまえになってボッシュが口をひらいた。

「証人リストを作るというさっきの話だが、ロベルト・サンズのチームメートからなにが手に入ると思ってるんだ？」

「証人席につかせ、今回の件で大嘘をつくのを期待してる。連中がそうすれば、ルシンダに不利な最大の証拠を排除することになる」

「GSRだな」

「ほら、あんたも刑事弁護士のように考えているじゃないか」

「まさか」

「なあ、ルシンダが元夫を殺し、いまいるところが彼女の本来いるべきところだと信じてるのか？」

ボッシュは答えるまえに一瞬考えこんだ。

「おいおい」わたしは言った。「もう誓約に縛られていないだろ」

「ルシンダがやったとは思わない」ようやくボッシュは言った。

「まあ、おれも彼女がやったとは思わない。だから、われわれがやらねばならないのは、彼女に不利な証拠をドミノ倒ししていくことだ。そしてもしそれができないなら、われわれはそれを認め、説明しなければならない。たとえば、彼女が的に向かって銃を撃っている写真を向こうが持ちだしてくるとする。するとわれわれはそれを認め、はい、確かに彼女です、ですが、彼女がそうしているのはまったく銃を撃てないからであり、十五センチ間隔で元夫の背中に二発弾を撃ちこめるような腕がないのは確かです、と答えるんだ。そんな感じで。おわかりか？」

「わかった」

「けっこう。さて、この検察官がなんと言うのか、確かめてみよう」

「それを訊くつもりなのか？　GSRのことを？」

「ああ、こちらからなんの情報も与えずにな」

ボッシュはうなずき、われわれはドアをあけ、車を降りた。

ホール・オブ・ジャスティス・ビルは、刑事裁判所ビルの向かいにある。そこにはかつて保安官事務所が入っており、上の三階は郡拘置所だった。だが、そののち、保安官事務所はホイッティアのSTARSセンターに移転して、大半の業務をそこでおこない、郡拘置所があらたに建てられた。ビルは再利用され、拘置所階は、通りをはさんだ向かいにある裁判所で扱われる事件を担当する検察官のためのオフィスになった。

アンドレア・フォンテーンは、予定にないわれわれの訪問を歓迎していなかった。こちらの面談の要請に応対した受付から連絡を受け、フォンテーンは待合エリアでわれわれと会った。われわれが自己紹介をすると、彼女は自分のオフィスまでこちらを案内し、通りをはさんだ法廷での審問に出席しなければならないため、数分しか時間がない、と説明した。

「それでかまいません」わたしは言った。「数分で十分です」

フォンテーンは、フランク・シルヴァーの事務所より小さく、あきらかに元は囚房だったオフィスにわれわれを通した――壁三面がコンクリート・ブロック製で、フォンテーンの背後にある四番目の壁は、鉄の棒とガラスで格子状になっており、十五センチ四方以上の開口部はなかった。

オフィスは、よく整理されており、シルヴァーの事務所のように狭苦しくはなかった。机のまえには椅子二脚を置けるほど十分な空間があり、われわれ三人全員が腰をおろした。

「いっしょに事件を担当したことはないわね？」フォンテーンが訊いた。

「えーっと、いまのところはまだ」わたしが答える。

「謎めいた答え方ね。どういうことかしら？」

「アンテロープ・ヴァレー時代にきみが担当したふたつの事件のことだ」

「わたしは四年まえにここに異動になったの。どの事件？」

「エンジェル・アコスタとルシンダ・サンズ。きみの最大ヒット級の事件だったはずだ」

フォンテーンはポーカーフェースを保とうとしたが、わたしは彼女の目に恐怖の炎が浮かぶのを見逃さなかった。

「サンズは覚えている、もちろん」フォンテーンは言った。「彼女は実際のところ、わたしの知り合いだった保安官補を殺した。被害者を知っている事件を担当するのはめったにあることじゃない。それからアコスタ……ヒントをちょうだい。聞いた気がするんだけど、はっきり覚えていないな」

「サンズが殺されるまえの年に起こった〈フリップス〉バーガー店での待ち伏せ事件」わたしは言った。「ほら、あの銃撃戦？」

「ああ、そうね、もちろん覚えてる。ありがとう。どうしてそのふたつの事件のことを訊くの？　両方とも処分決定で決着がついた。有罪の人間が有罪を認めた」

「うん、われわれはその点についてそんなに確信を抱いていないんだ。有罪の部分について」

「どちらの事件の？」

「ルシンダ・サンズ」

「有罪判決に異議を唱えるつもり？　彼女は有利な取引をしたのよ。やり直しを求めるリスクを冒したいの？　裁判に持っていけば、彼女は終身刑を下される可能性がある。いま務めている刑期だと、そうね、あと四、五年で出所できるでしょ？　ひょっとしたらもっと短くなるかもしれない」

「実際には四年半だ。だが、彼女は自分はやっていないと言っている。そして、いますぐ出たいと思っている」

「で、あなたは彼女の言うことを信じているの？」

「ああ、信じてる」

フォンテーンはボッシュのほうに目を向けた。

「あなたはどうなの、ボッシュ？」フォンテーンは訊いた。「元殺人課でしょ」

「おれがなにを信じているかは関係ない」ボッシュは言った。「有罪とするに足る証拠がない」

「じゃあ、なぜ彼女は答弁取引をしたの？」フォンテーンが訊いた。

「なぜなら、ほかに選択肢がなかったからだ」わたしは言った。「それに実際には、彼女は不抗争の答弁をしたんだ。そこに違いがある」

フォンテーンはしばらくのあいだ、われわれをじっと見ているだけだった。

「みなさん、もう話は終わりよ」やがてフォンテーンは言った。「その事件についてこれ以上言えることはないわ。両方とも解決済み。正義は果たされた。それにわたしは法廷に遅れそうなの」

フォンテーンは机の上のファイルをまとめはじめ、出かけようとした。

「きみを召喚しなきゃならなくなるより、いまここで話をしたいんだが」わたしは言った。

「へー、幸運を祈るわ」フォンテーンが言った。

「彼女に関してきみが持っている証拠の決定打は、GSRだ。いまここで話しておくが、われわれはそれを粉砕できる」

「あなたは刑事弁護士だものね。あなたの都合のいいことをなんでも言ってくれる、いわゆる専門家証人を見つけられるでしょ。だけど、ここではわたしたちは事実を扱うの。そして事実は、彼女が元夫を撃ち、その報いとしてふさわしいところにいるということよ」

フォンテーンは立ち上がり、まとめたファイルを革の鞄（かばん）に放りこんだ。鞄の取っ手には金文字でイニシャルが記されている。ボッシュは立ち上がりかけた。だが、わたしはそうしなかった。

「もうすぐ表に出てくる泥をきみがかぶるところを見たくはないな」わたしは言った。「この事件が法廷に持ちだされたときに」

「それって脅し?」フォンテーンが訊く。

「どちらかというと選択の提案だ。真実を見つけるためにこちらに協力する。あるいは、われわれに対抗し、真実を隠す」

「へえ、珍しい。刑事弁護士が真実に本気で興味を持つとはね。さあ、出ていきなさい。さもないと警備を呼んで、あなたたちを外まで連れていかせるわ」

わたしは時間をかけて立ち上がり、そうしながらフォンテーンの怒りの視線を浴びた。

「これだけは覚えておいてくれ」わたしは言った。「われわれがきみに選択の提案をしたことを」

「出ていって」フォンテーンは声高に言った。「いますぐ!」

下りのエレベーターに乗るまで、ボッシュもわたしも口をひらかなかった。

「彼女の檻を揺さぶるのに成功したな」ボッシュが言った。

「彼女の檻と、関わっている数人の檻を揺さぶったのは確かだ」わたしは言った。

「おれたちはその準備ができているのか？　〝足跡を残さない〟はどうなった？」

「コース変更だ。それに、あそこにいる何者かは、おれたちがやっていることをすでに知っている」

「どうやって知るんだ？」

「簡単さ。われわれに知らせたくてあんたの家に何者かが侵入しただろ」

ボッシュはうなずき、古いエレベーターがさがっていくあいだ、われわれは黙りこんだ。

ロビーに歩を進めると、ボッシュがわたしのずっと考えていた話題を持ちだした。

「で」ボッシュは言った。「フォンテーンだ。彼女は汚職に関わっているのか、それとも被害者なのか？」

「いい質問だ」わたしは言った。「連中はあの刑事弁護士を脅して、彼らが望んでいることをやらせた。ひょっとして、あの検察官にもそれをしたのかもしれない。あるいは、彼女はクーコスと同様、腐敗しているのかもしれない」

「そのまんなかのどこかかもしれんぞ。保安官事務所をスキャンダルから守るプレッシャーをかけられていた。結局のところ、保安官事務所は地区検事局の姉妹機関なのだから」

「あんたは優しすぎるよ、ハリー。思いだしてみろ、この事態が起こった二年後、彼女はクソッタレ・アンテロープ・ヴァレーから、ダウンタウンの重大犯罪課に異動になっている。それは見返りのようにおれには思える」

「確かにそうだろうな」

「だろうで済ませるわけにはいかない。法廷に足を踏み入れるまえに確実なものにしなければならん」

「フォンテーンを証人として召喚するのか？」

「いま知っていることだけではだめだ。あまりにもはっきりしていないことが多い。彼女を持ちだすのは危険すぎる。証人席でなにを言うのか予想がつかん」

われわれは重い扉を押して、テンプル・ストリートに入り、リンカーンの元に戻っていった。

20

　ルシンダ・サンズのために提出する本物の請願を書きはじめられるよう、自宅に帰りたかった。もう小道具は要らない、ゲームは不要だ。依頼人の実際の無実を主張するための文章をまとめるときだった。ルシンダに言ったように、世界はひっくり返ってしまった。彼女は無実が証明されるまで有罪だと考えられている。これからの数日で書き上げるであろう最初の文書は、必要以上に情報を漏らすことなく、わたしが提示するものとわたしが証明するものを明確に伝えなければならない。保安官事務所の檻を揺さぶる以上のことをする必要がある。連邦地裁の判事に快適な判事室のなかで居ずまいを正し、「もっと聞きたい」と言わしめるだけの説得力を持つ必要がある。

　現時点で、少なくとも二点、伝聞あるいはその他の理由で却下されることがないであろう、わたしに有利なものがあった。ひとつは、ロベルト・サンズが保安官補の徒党の一員であったという新事実だ。組織的腐敗が起こっていたことを明確に示すものだ。もうひとつは、ロベルト・サンズとFBI捜査官がサンズ殺害のたった一時間まえに会っていたという事実だ。それはルシンダ・サンズ以外に幅広い容疑者がいることを示唆する新しい証拠だった。このふたつで人身保護請求の扉を通ることができるとわたしは信じていた。だが、もっと必要なのはわかっていた——扉を通ったあとで、さらにもっと必要だった。

ボッシュに家まで送ってくれ、と伝えた。ボッシュにはボッシュなりの任務があった——ロベルト・サンズの班のほかのメンバーを突き止めるという。とりわけ、女性の保安官補を。レディーXの名前を明らかにする必要があった。

ボッシュはわが家の玄関ドアに通じる階段に近いフェアホルム・ドライブの縁石に車を寄せて停めた。

「じゃあ、必要なら呼んでくれ」ボッシュは言った。「班員の名前を摑んだら、連絡する」

「おれの居場所はわかるよな」わたしは言った。「書類を作成するため、スケジュールをあけたんだ——」

わたしは階段を見上げて玄関ドアを見て、言葉を途中で切った。

「どうした？」ボッシュが訊いた。

「玄関のドアがあいてる」わたしは言った。「あのクソ野郎ども……」

われわれは車を降り、デッキに通じている階段を慎重にのぼった。

「銃を持ってない」ボッシュが告げた。

「よかった」わたしは言った。「ここでもう一度銃撃戦になるのはごめんだ」

十五年以上まえ、わたしを殺そうという意図を持った女性と自宅で銃火を交えたことがある。わたしが巻きこまれた唯一のガンファイトだった。わたしはそれに勝ち、そのパーフェクト・レコードを危険にさらすことに興味はなかった。

「それに、なかにだれもいないと思う」わたしは付け加えた。「あんたの家と同様、連中はたんにメッセージを送っているだけだ――『おまえらのことを知ってるぞ、おまえらを見張っているぞ』と」

「連中がだれであってもな」ボッシュは言った。

わたしが先になかに入り、フロント・ルームが無人で、荒らされていないことを確認した。すばらしい景色を持つ、小さな家だった。ボッシュの家とは丘陵の反対側にあった。リビングとダイニング、キッチンが前半分にあり、ふたつの寝室とオフィスがうしろ半分にある。裏庭は、デッキと、一度も使ったことがない大型温水浴槽(ホットタブ)をかろうじて収めておけるくらいの広さだった。

家のなかを進むが、侵入があった痕跡は見当たらなかった。廊下を進んで、オフィスにたどりつくまで、なにもおかしなものは目にしなかった。

侵入者は、そのホームオフィスをめちゃくちゃにしていった——ひきだしが机から引っ張りだされ、床の上にひっくり返されており、カウチの表張りは刃物で切り裂かれ、法律関係書が書棚から叩き落とされていた。とどめの一撃は、一年まえ、娘とモントリオール旅行をしたときに持ち帰ったメープルシロップの壜(びん)からもたらされていた。楽しかった旅の思い出の品として棚に置いていたのだ。いまやその壜は床の上で粉々になり、中身はガラス片の隣に蓋をあけて転がっているノートパソコンのキーボードに注がれていた。

「あんたの場合、やつらは侵入があったと思わせただけだっただろ?」わたしは訊いた。

「それか、おれに正気を失っていると思わせた」ボッシュは言った。

「まあ、こんな目に遭うくらいなら、そっちのほうがよかったな」

「そうだな。通報するかい?」

「あんたはしたのか?」

「届けは出した。きみがそうしろと言ったんだぞ。だけど、どうにもならないだろう」

「やつらはそれをおれにさせたがっている気がする」

「どうしてそう思う？」

「わからん。やつらの計画であり、おれの計画ではない。だけど、なにももたらさないだろう警察の捜査に付き合っている時間はない。やつらはおれの気を逸らしたがっているんだ」

「やつらというのはだれだ？」

「わからん。クーコスか？　ＦＢＩか？　現時点ではだれでもありうる。われわれはあきらかに蜂の巣を突いたんだ」

わたしは部屋全体に目を走らせ、被害を見積もった。

「やつらがなにを盗っていったのか突き止めなきゃならない」わたしは言った。「それからアップル・ストアにいかないと」

片足で、わたしは床のうえのノートパソコンを一メートルほど押しやった。メープルシロップの跡が残る。

「こいつはもうだめだな」わたしは言った。「だけど、全部、クラウドに保存している。新しいのを買ったらすぐに仕事にもどれる」

「どうしてやつらがなにかを盗っていったと思うんだ?」ボッシュが訊いた。

わたしは両手を広げ、この荒らされまくった部屋に見入った。

「ここをゴミの山にすることでなにかを隠そうとしたんだ」わたしは言った。「見つけたなにかを」

ボッシュは返事をしなかった。

「そうは思わないのか?」わたしは訊いた。

「どうだろう」ボッシュは言った。「いろんな可能性がある。まず第一に、これがサンズ事件と関係しているかどうかわかっていない。長年にわたってきみはかなりの敵をこしらえてきたはずだ。サンズと関係がない可能性がある」

「ばかを言うな、ボッシュ。ほんの数日のちがいでおれたちはふたりとも住居に侵入された。なにが共通している? サンズだ。これはやつらの仕業だ。信じてくれ。そしてそんなことでわれわれは止まりゃしない。くたばっちまえ。やつらを倒し、ルシンダに復活の歩みをさせたとき、いっそう美味(おい)しくなるだけだ」

「復活の歩み?」

「彼女が死者から蘇(よみがえ)ったときのことだ」

「わかった」

ボッシュはその言葉に少しとまどったようだった。

「そのときにかならず居合わせるようにしてくれ、ハリー」わたしは言った。「きっとすばらしいものになる」

「きみが彼女を救いだすとき、おれはその場にいるよ」ボッシュは言った。

第五部　十月——最終準備

21

去年の冬の土砂降りの雨のあとで庭に生えた乾いた雑草に左頬を載せた格好でボッシュはうつぶせに寝ていた。いまは十月であり、夏季を経て、草は黄色みを帯びた茶色に変色していた。葉の一枚一枚がぱりぱりとして、肌にナイフの先端のように感じられた。背後から女性の声が聞こえた。

「オーケイ、てのひらを上にして、両手を体の横に置いて」女性は言った。「倒れるのを防ごうとはしなかった。実際のところ、地面にぶつかるまえに彼は死んでたの」

ボッシュは言われたとおりに手の向きを変えた。

「これでいいかい？」ボッシュは訊いた。

「あー、右手を十センチほど体から離して」彼女は言った。「いえ、左。ごめんなさい、左手を十センチ離してと言うつもりだった」

ボッシュは姿勢を変えた。

「完璧」彼女は言った。

女性はシャミ・アースレイニアン、ミッキー・ハラーがニューヨークから呼び寄せた科学捜査の専門家だった。ルシンダ・サンズの人身保護請求の審問は、一週間後に予定されており、アースレイニアンは法廷でのプレゼンテーションと証言に備えてやってきたのだった。ボッシュはロベルト・サンズが背中に二発の致命傷を浴びた事件現場に彼女を連れてきていた。彼女の測定では、ボッシュの体格はロベルトと身長で二・五センチ、体重で九キロしか違わず、ロベルトの身代わり（スタンドイン）——実際には寝そべった身代わり（ライイン）——になるだろうと考えられた。アースレイニアンは三脚にレーザー焦点機能のついたカメラを設置した。

「オーケイ」アースレイニアンは言った。「もうすぐ終わる」

「気にしないでくれ」ボッシュは言った。「これを夏にやらずにすんだのはありがたい」

しゃべりながら息をついたところ、砂漠の埃（ほこり）が舞い上がった。

「オーケイ、測定完了」アースレイニアンは言った。「結果良好」

ボッシュは横向きになって、起き上がろうとした。

「ほんとに？」ボッシュは訊いた。

「実を言うと、膝立ちのその姿勢を保ってもらいたいの」アースレイニアンは言った。「ここにいるうちにその様子を撮影させてもらうわ。四十五度くらい左を向いて」

膝立ちのまま、ボッシュは向きを変えた。アースレイニアンはボッシュの姿勢を少し調整してから、両手を体の横にだらんと下げるよう伝えた。ボッシュが言われたとおりにしたところ、アースレイニアンはそのままじっとしているようにと言った。

「オーケイ」アースレイニアンは言った。「立ち上がるのに手を貸す必要がある?」

「いや、大丈夫だ」ボッシュは言った。

ボッシュは片膝立ちになってから自分を押し上げた。埃と草の葉を服から払い落としはじめる。ボッシュはジーンズと柄模様のシャツを着ていた。シャツの裾は外に出していた。

「服が汚れて申し訳ないわ」アースレイニアンは言った。

「かまわない」ボッシュは言った。「それも仕事の一部さ。ここに来たら汚れる気がしてたんだ」

「でも、仕事内容に死者の真似をするのは含まれていないでしょ」

「知ったら驚くぞ。運転手、調査員、召喚状送達。ハラーのところで働くようになって九ヵ月かそこら経つが、つねに新しい仕事内容が加わるんだ」

「そうね。彼と組むのは六回めだけど、彼から電話がかかってきてどんな内容になるのかわかったためしがない」

ボッシュはアースレイニアンがカメラとレーザーを三脚から外しているところに歩いていった。彼女もまたブルージーンズとワークシャツ姿で、胸ポケットには複数のペンを差していた。彼女は小柄で、裾を入れずに着ているだぼっとしたシャツに隠れて体形はほとんどわからなかった。そして彼女はブロンドになっていた。一日まえに空港に出迎えにいったときボッシュはそれに気づいた。当初、ボッシュはハラーから聞いていた赤毛の女性を手荷物受取所でさがしていたのだ。

「で、いま手に入れた情報で、発砲場面を再現するつもりなのか?」ボッシュは訊いた。

「そのとおり」アースレイニアンは言った。「可能なかぎり、実際に起こったように殺人を再現して見せることができるでしょう」

「驚きだな」

「わたしが開発に関わっているプログラムなの。身長や距離、あらゆる物理的変数に従って微調整できる。事件の科学捜査物理、とわたしは呼んでるわ」

ボッシュはそれがなにを意味しているのかよくわからなかったが、用途によっては、人工知能が論議の的になることを知っていた。法執行機関でDNAについてみんなが話しはじめたときのことをボッシュに思いださせた。そのテクノロジーが受け入れられるまでしばらくかかったが、現在では、よくも悪くも、凶悪犯罪の簡単な解決策と考えられている。

「わたしは自分がしていることが好き」アースレイニアンは言った。「物事がどのように、なぜ起こったのか、正確に突き止めるのは楽しい」

「なるほど」ボッシュは言った。

「あなたは警官をどれくらいつづけたの？」

「約四十年だ」

「すごいな。そのまえは軍？　ハイレディ・ガン・スタンスがなんだか知ってるわね？」

「もちろん」

「それがわたしたちが見せようとしているものなの。ルシンダがロベルトと結婚していたとき、彼は彼女に銃の撃ち方を教えた。射撃場に彼女を連れていった。ハイレディ・スタンス（銃口を四十五度上に向けて構える射撃準備姿勢）を取っているルシンダの写真がある。それがわたしの拠り所にしているもの」

「オーケイ」

ハラーが人身保護請求をおこなったあとで手に入れた開示資料のなかで、その写真をボッシュは見ていたが、最初ざっと見たときに、ルシンダ・サンズの無実を主張するのに役に立たないとわかった。アースレイニアンの再現がどれくらい効果があるのか定かではなかったが、ハラーが彼女を全面的に信頼しているのは知っていた。それにハラーが反証を手に入れ、それを自分のものにする方法を見つけ、不利な証拠ではなく有利に働かせることについて話しているのをボッシュは覚えていた。射撃場でのルシンダの写真は彼女の有罪を示しているように見えた。だが、ひょっとしたら、いま現在は、それほど確かではなくなっているのかもしれない。

「あしたルシンダに何枚か写真を見せにチーノウに出かける」ボッシュは言った。

「彼女になにか訊いてみる必要があるだろうか？」

「ないなあ」アースレイニアンは言った。「十分賄（まかな）えていると思う。ここで必要なものは手に入れたし。市内に戻り次第、取りかかるとするわ」

「それはいいね」ボッシュは言った。「ここのオーナーに済んだと話してこよう」

ボッシュは階段をのぼって玄関ドアにいき、ノックした。すぐに女性が応じた。相手が窓からこちらをずっと見ていたのではないか、とボッシュは思った。

「ペレスさん、ここの用事は済みました」ボッシュは言った。「前庭を貸してくださり、ありがとうございます」

「なんでもありません」ペレスは言った。「えーっと、あなたはあの弁護士のところで働いているとおっしゃいましたね？」

「はい、われわれふたりともそうです」

「あの女性は無実だと思います？」

「思いますよ。でも、われわれはそれを証明しなければなりません」

「オーケイ、なるほど」

「彼女とお知り合いですか？」

「いえ、ちがいます、そうじゃありません。ただ……どんなことになるのかしら、と思っただけです」

「オーケイ」

ボッシュは相手がそれ以上なにか言うのかどうか待ってみたが、彼女はなにも言わなかった。

「それでは、ありがとうございます」ボッシュは言った。

ボッシュは階段を二段降り、庭にいるアースレイニアンと合流した。アースレイニアンは三脚を畳み、キャリングバッグに仕舞おうとしていた。

「この家を買ったとき、あの人はここでなにが起こったのか知ってたのかしら？」アースレイニアンは訊いた。

「あの人はここを借りているだけだ」ボッシュが言った。「大家は彼女に話さなかった」

「あなたが事情を話したとき、怖がったかしら？」

「あまり。ここはＬＡなんだ。どこへいこうと暴力の歴史があるのだろう」

「それは悲しいね」

「それがＬＡなんだ」

22

砂漠から戻る際、アースレイニアンに前部座席に座るよう言う必要はなかった。彼女はボッシュの隣の席に座ったが、アンテロープ・ヴァレー・フリーウェイの滑らかな路面に入ると、メモと蓋をひらいたノートパソコンに集中していた。画面から目を外したり、コンピュータ・プログラムにデータを打ちこむのを中断したりせずにアースレイニアンは口をひらいた。

「アンテロープ・ヴァレーと呼んでいるのは、変ね」アースレイニアンは言った。

「なぜ変なんだ？」ボッシュは訊いた。

「飛行機に乗っているときに調べてみたの。一世紀以上、ここには一頭のアンテロープも存在していないんだって。アンテロープ・ヴァレーと呼ばれるまえに先住民によって狩り尽くされていたの」

「それは知らなかったな」

「アンテロープが自由に動きまわっているところを見かけられるかもと思っていた。だけど、調べてみたらそれだった」

ボッシュはうなずき、アースレイニアンの関心を画面から引き離そうと試みた。

「あれが見えるか？」ボッシュは言った。「露出している岩だ」

アースレイニアンは顔を起こし、フリーウェイの北側を通り過ぎていくぎざぎざの地層を見た。

「うわ、綺麗」アースレイニアンは言った。「それに壮大！」

「バスケス・ロックスだ」ボッシュは言った。「百五十年ほどまえ、チブルシオ・バスケスという名の山賊があそこに潜(ひそ)んでいたんだが、保安官が臨時に召集した捜索隊がバスケスを発見できなかったことにちなんでそう名づけられている」

アースレイニアンは露出した地層をしばらく眺めてから、返事をした。

「悪党にちなんで名づけられた場所はあまりないわね」アースレイニアンは言った。

「トランプ・タワーはどうだ？」ボッシュが応じる。

「自称でしょ。それに話す相手によって受け取り方は違うわ」

「そうだな」

アースレイニアンはまた黙りこみ、ボッシュは相手の機嫌を損ねたんだろうか、と思った。なんらかの反応を引き出そうとしただけだった。ボッシュはアースレイニアン自身と、彼女の仕事のやり方、物事の見方に興味をそそられていた。もっと彼女のことを知りたいと思ったが、彼女のＬＡ滞在時間は短いものになるとわかっていた。審問が終わると彼女はニューヨークに戻るのだ。

数分後、ゴールデン・ステート・フリーウェイに乗ると、アースレイニアンはまた口をひらいた。

「ミッキーから聞いた話では、あなたたちふたりは兄弟だそうね」

「実際には、片方の親違いだ」

「へー。どっちが共通している親なの？」

「父親だな」

「だけど、おとなになるまでおたがいのことを知らなかったんでしょ？」

「ああ。おれたちの父親はミッキーのような弁護士だった。ミッキーの母親がその男の妻だ。おれの母親は依頼人だった」

「あなたたちが遠ざけられていた理由がわかる気がする。それって合意の上だったのかしら——あなたのお母さんとお父さんのあいだで？」

それは意外な質問だった。そのことを自分に問うたことが一度もなかったので、ボッシュはすぐには答えなかった。確かなことを知るには、いまとなっては遅すぎた。

「ごめんなさい、そんな話はしなくていいわ」アースレイニアンは言った。「いっしょにいて快適な人相手だと、つい思ったままのことを口にしてしまいがちなの」

「いや、そういうのじゃない」ボッシュは言った。「たんにそんなふうに考えたことが一度もなかったんだ。合意の上だったと思う。最初はビジネス上の取り決めとしてはじまったんだ――与えられたサービスに対して支払いをおこなうというものだ。父親の正体をおれが突き止めたころには母は亡くなっていた。それにおれは父親には一度しか会っていないし、それもごく短い時間だった。当時、父親は死にかけており、会ったあとすぐに死んだ」

「お気の毒に」

「気の毒に思うようなことはなにもない。おれは父親がどういう人間なのか知らなかったんだ」

「わたしが気の毒に思うのは、あなたがそんなふうに……育たなきゃならなかったことに対してだわ」

ボッシュはたんにうなずいた。アースレイニアンは先をつづけた。

「で、あなたとミッキーはどんな形で出会ったの？　ＤＮＡ追跡サービスを使ったの？」

「いや、事件がらみだ。ある事件で出会い、なんとなくわかった」

「ハリー、ひとつ訊いていいかな？　とても個人的なことを？」

「さっきから個人的な質問ばかり訊いてる気がするんだが」

「そうね。それがわたしみたい」

「まあ、いいだろ。とにかく訊いてみてくれ」

「あなたは病気なの？」

その質問はボッシュの不意をついた。うぬぼれから、配偶者の有無を訊いてくるだろうと思いこんでいたのだ。返事を紡（つむ）ぐのに少しかかった。

「ミッキーから聞いたのか？」

「いいえ、聞いてない。たんにわかるだけ。あなたのオーラ。それが弱まっている気がするとでも言おうか」

「おれのオーラか……そうだな、病にはかかっているんだが、よくなってきている」

「どんな病？」

「癌だ。だけど、いま言ったように、コントロールしている」

「いいえ、よくなってきているとあなたは言ったのよ。それはコントロールしているというのとは、かなりちがってる。治療中なのね。どんな種類の癌なの——あるいは、癌だったの？」

「略称で言うと、ＣＭＬだ」

「慢性骨髄性白血病（クロニック・マイイロイド・ルキミア）。遺伝性の癌じゃないわ。染色体変異から生じるもの。どうして——ごめんなさい、こんなこと訊くべきじゃない」

　ヴァレー地区の頂上を越えてロサンジェルスに下りていくと、フリーウェイの車の流れは滞り、速度は遅くなった。

「かまわんよ」ボッシュは言った。「ある事件を調べているときに放射性物質に被曝（ひばく）したんだ。気がついたときには手遅れだった。とにかく、それが原因だった可能性があるが、それ以外の可能性も十分にある。むかし、おれは煙草を吸っていた。病因診断は正確な科学じゃない。科学者として、きみはそれをわかっているはずだ」

　アースレイニアンはうなずいた。

「癌はコントロールされていると言い、よくなってきているともあなたは言った」アースレイニアンは言った。「どっちが正しいの？」

「おれの主治医に訊いてもらわないとわからん」ボッシュは言った。「ミッキーが臨床試験におれを参加させてくれたんだ。だから、おれは彼のために働いている——医療保険と彼が持っている高度医療へのアクセス権を利用するために。とにかく、治験担当の医師は、おれに試している治療はうまくいったと言ってる。ある程度は。完全な寛解ではないが、それに近い、と。彼らはもう一度治療を試みて、できれば残りの癌を消したいと考えている」

「わたしもそう願うわ。どこでその治験を受けてるの？」

「UCLA医学部」

アースレイニアンは納得してうなずいた。

「いい施設だわ」彼女は言った。「もしよければあなたのDNAサンプルを採取させてくれないかな？」

「なぜ？」ボッシュは訊いた。

「生物学的にあなたになにが起こっているのかをもっと深く知ることができる。UCLAで遺伝子検査はおこなわれた？」

「おれの知るかぎりでは、おこなわれていない。彼らがやっていることをいちいち全部訊いていないんだ。言わば、おれの給与水準を超えたところの話だ。だけど、おれの血液がたっぷり抜かれたのは確かだ」

「当然そうよね。だけど、先方に頼めるかもしれない。治験に含まれている可能性がある。もしそうじゃなければ、わたしがやってみたいわ」

「どうして？　ミッキーがおれに望んでいるのか？」

「あなたはほんとうに刑事ね、ハリー・ボッシュ。いいえ、ミッキーはこの件についてなにも知りません。だけど、彼にもDNAサンプルを採取させてと頼むつもり。あなたたちは異母兄弟だから、かなり類似したゲノムを持っている。比較することはあなたたちふたりにとって役に立つかもしれない。高精度医療というものを耳にしたことがある？」

「あー……いや、ないと思う」

「遺伝子構造および標的ケアと治療におおいに関係しているの。お子さんはいる？」

「娘がひとり」

「ミッキーとおなじね。これはその子たちにとってもおなじように役に立つ可能性があるわ」

ボッシュは昔から科学とテクノロジーに懐疑的だった。その進歩が世界にとって有益だと信じていないわけではないが、新しい技術を率先的に採用したがるものに対して、刑事特有の疑念を抱いており、すべての科学的発見が人に利益をもたらすというカルト的な信念を買っていなかった。その態度でのけ者に、デジタル世界のアナログマンになるのはわかっていたものの、その直感はこれまでのところつねにボッシュの役に立ってきた。すべての偉大な技術的進歩には、それを悪用しようという人間が存在するものだ。

「考えてみるよ」ボッシュは言った。「申し出に感謝する」

「いつでもどうぞ」アースレイニアンは言った。

ダウンタウンに入るとふたりはほぼ黙って車を進めた。気まずくなりはじめ、ボッシュはなにか話題を提供しようとした。

「それで」ボッシュはなんとか話題を見つけた。「あそこでコンピュータを使ってなにをしてたんだい？」

「データを再現プログラムに放りこんでいただけ」アースレイニアンは言った。「プログラムが作業をしてくれ、法廷で、その結果を見せて話をするのがわたしの仕事になる。あなたにとってそうであるように、陪審員にとっても目新しいものになるわ」

「人身保護請求の判断をするのは判事ひとりだ。陪審員はいない」

「おなじことよ。判事にも教えてあげなければならない」

「きみはいい教師になるだろうな」

「ありがとう。このプログラムの特許を申請中」

「全国の検察官と刑事弁護士がそれに飛びつくのは確実だな」

「だからこそ、権利を保護する必要があるの。彼らに使わせないだけでなく、マサチューセッツ工科大学（MIT）のパートナーとわたしが費やした時間と資金と研究を守るために」

　ボッシュはコンラッド・ホテルのエントランス・トンネルに車を進め、窓を下げると、駆け付けた駐車係に、客をおろすだけだ、と告げた。

「ありがとう、ハリー」アースレイニアンは言った。「話ができて楽しかったわ。高精度医療を検討してくれたらいいな」

　親切な駐車係によってドアがあけられ、アースレイニアンは車を降りた。

「法廷で会えるだろう」ボッシュは言った。

「じゃあ、そこで」アースレイニアンは言った。

　駐車係がアースレイニアンの機材を後部座席からおろし、ボッシュは車の流れに戻った。もっと彼女に話せばよかったと思う。食事に誘ってもよかったかもしれない。ボッシュは気恥ずかしくなった。いい歳になったというのに、心の問題になると引き金を引くのにまだためらってしまうのだった。

23

刑務所の当直責任者は、ボッシュが弁護士でないことを理由に、弁護士依頼人面会室の使用要求を拒んだ。ボッシュは通常の面会要請をして、スピーカーから名前が呼ばれるのが聞こえるまで二時間待たねばならなかった。コルコランの設え(しつらえ)とてもよく似ているスツールと面会ブースの長い列のなかにある分厚いプレキシグラス製窓のまえに置かれたスツールにボッシュは案内された。そのあとでは、ルシンダ・サンズがやってくるまで、それほど長くは待たなかった。ふたりとも受話器を外して、口をひらく。

「こんにちは、ボッシュさん」

「やあ、シンディ。ハリーと呼んでくれ」

「オーケイ、ハリー。終わったの?」

「なにが終わったのかな?」

「判事がハラー弁護士の要求を却下したの？」

「ああ。いや、なにも終わってない。審問はおこなわれる。今度の月曜日に。きみはそれに出席するため、市内に移送される」

ボッシュはルシンダの目に少しばかり生気が戻るのを見た。彼女は最悪に備えていたのだ。

「ここに来たのはきみに何枚か写真を見せたいからだ」ボッシュは言った。「発射残渣を採取するためきみの両手両腕を拭った女性保安官補がいたと話してくれたのを覚えているかい？」

「ええ、女性だった」ルシンダは言った。

「ここに何枚か写真がある。そこに写っている人物のだれかがきみに拭い取り検査をした女性であると確認できるかどうか確かめたいんだ」

「わかった」

「面割りのように写真を広げられるテーブルがある弁護士用の部屋で会うのを認められなかったので、一度に一枚ずつ写真を掲げ持つ。写真を全部よく見てから、答えてほしいんだ。一枚の写真にこれだと思ったとしても、六枚全部見せるまで待ってほしい。じっくり時間をかけて。そしてもし見覚えがある人物に気づいたら、一から六までの番号で答えてほしい。いいかな?」

「いいわ」

「よし、さあはじめよう」

ボッシュはすべての写真を見せるまえにルシンダがついうっかり数字やほかのなにかを口にしたとしても聞こえないように受話器を戻した。窓のまえにある棚に置いたマニラ・ファイルフォルダーをひらく。六枚の写真が裏向きに重ねられていた。それぞれの写真には裏に数字が書かれている。ボッシュは一枚ずつ写真を窓ガラスに向けて掲げ持ち、黙って五秒数えると、写真を下に置き、次の写真に移った。ルシンダは間近で見ようとしてガラスに身を乗りだした。ボッシュは彼女の目を見ていて、四枚目の写真を掲げたとき、そこに認識の色が現れるのを見た。すぐにであり、明白だった。だが、受話器を手から離しているルシンダからは、なんの声も聞こえてこなかった。

写真は正規の顔写真ではなかった。シスコ・ヴォイチェホフスキーが望遠カメラでこっそり撮影した監視写真だった。一週間かけてシスコは、保安官事務所アンテロープ・ヴァレー分所の外部から、そのカメラと無線スキャナーで、かつてはロベルト・サンズが一員だったギャング制圧班のメンバーを確認し、撮影したのだった。現在、そのチームには女性班員はふたりしかおらず、ロベルト・サンズが所属していた当時も所属していたのはそのうちのひとりだけだった。その女性班員の写真はボッシュがいまルシンダに見せている六枚のなかに含まれていた。写真のなかのほかの女性は、同年輩で、同様の隠し撮りで撮影されており、だれも保安官補ではなかった。だれも制服を着ていなかった。

写真を見せ終わると、ボッシュはフォルダーのなかに写真を戻し、閉じた。受話器を手に取る。

「もう一度見せようか？」ボッシュは訊いた。

「四番」ルシンダは言った。「それが彼女。四番」

「確かかい？」ボッシュは訊いた。「もう一度見たいかな？」

ボッシュはできるだけ声に感情を表さないようにした。

「いえ、彼女よ」ルシンダは言った。「彼女があの女。覚えてるわ」

「彼女がＧＳＲパッドできみの両手と服を拭った保安官補なんだね？」ボッシュは訊いた。

「ええ」

「自信がある？」

「ある。四番よ」

「パーセントでいったらどれくらい自信がある？」

「百パーセント。彼女よ。何者なの？」

ボッシュはガラスに身を寄せ、ブースのルシンダのいる側を可能なかぎり見ようとした。彼女の肩越しに視線を上げる。受刑者が面会人と話をするブースの背後にある壁の上方に設置されているカメラが見えた。必要なら、ルシンダがステファニー・サンガーを確認したことがビデオに録画されているだろう。

ルシンダは振り返り、ボッシュの視線をたどってカメラを見た。彼女はボッシュに視線を戻した。

「なんなの？」ルシンダは訊いた。

「いや、なんでもない」ボッシュは言った。「カメラがあるかどうか確かめたかっただけだ」

「なぜ？」

「きみがいまおこなった人物同定に法廷で異議を唱えられた場合に備えてだ」

「もしわたしが出廷しなかったら、という意味？　彼女を確認したことで、わたしが危険な目に遭うと思っているの？」

ルシンダは不意に恐怖を覚えたようだった。

「いや、そうは思わない」ボッシュは相手を安心させようと、すぐに言った。「あらゆる可能性に備えようとしているだけだ。普通なら、こういうことは、あいだにガラスのない部屋でおこなわれ、きみは選んだ写真に自分の名前を書くものなんだ。ここではそれができない。それだけだ。きみの身になにも起こらないよ、シンディ」

「ほんとに？」ルシンダは訊いた。

「ほんとだ。法廷にいく際にあらゆることを確実にしたいだけなんだ」

「オーケイ、あなたとハラー弁護士を信用するわ」

「ありがとう」

「わたしが選んだ写真、彼女は何者なの？」

「名前はステファニー・サンガー。きみの元夫といっしょに働いていた」

「ええ、彼女はそう言った」

「ほかになにを彼女が言ったか覚えているかい？」

「わたしを容疑者から除外できるよう、この検査をしなければならない、とだけ言ったわ」

「それが検査を受けさせるための常套句（じょうとうく）なんだ」

ボッシュは写真が入っているフォルダーを手に取り、掲げ持った。

「来週法廷に出る際、きみはこれについて質問されるかもしれないが、いいね?」

「なぜ?」

「おれが言ってるのは、もう一度人物同定をしなきゃならないかもしれないということだ。写真を使って、あるいは本人がその場にいて」

「彼女は出廷するの?」

「ああ、するかもしれない。証人として彼女を召喚するつもりでいる。だが、きみが証言する場合、彼女が出廷するかどうか、はっきりしたことはわからない」

「いつわたしはLAに移送されるの?」

「それについても確かなことはわからない。ハラー弁護士に確認してもらうつもりだ」

「郡の拘置所に拘束されたくない。あそこは保安官事務所が管理運営している」

「そんなことにはならないだろう。これは連邦裁の事件なんだ。きみはここから連邦政府に拘束される——連邦保安官局にね——だから、そこの人間がきみを月曜日に出廷させるだろう」

「確かかね?」

受話器に大きなブザー音が鳴り、面会はあと一分で終了すると電子音声が告げた。

「確かだよ、シンディ」ボッシュは言った。「それについては心配しないで」

この面会があと何秒かで終わることを悟って、絶望の表情がルシンダの顔に浮かんだ。

「ボッシュさん、わたしたち勝てるかしら？」彼女は訊いた。

「われわれは最善を尽くす」ボッシュはそう言ったものの、自分の言葉が不十分だとすぐに気づいた。「真実が表に出て、われわれはきみを家に帰し、息子さんの元に戻すつもりだ」

「約束してくれる？」

ボッシュはためらったが、返事をするまえに接続が切れた。ボッシュはルシンダ・サンズをじっと見て、うなずいた。もし事態が期待どおりにならなかった場合、うなずいたことでいつまでも心につきまとう約束をしてしまったのがわかった。

ボッシュはスツールから立ち上がり、手を振ってルシンダに気の進まない別れを告げた。ルシンダもおなじ仕草を返してきたが、その顔にはこれから先に待ち受けているものへの不安が浮かんでいた。約束しようがしまいが、法廷ではなにも確実ではなかった。

ボッシュは床に書かれている矢印に従って刑務所の出口ゲートに向かった。面会の終わり方に残念な気持ちを抱いていたが、達成したことに集中しようとした。ルシンダは、自分が元夫殺害の罪で訴えられる結果になった連鎖反応を引き起こした人物としてステファニー・サンガーを確認した。それは大きな収穫であり、刑務所の駐車場に到着するとすぐ、ボッシュは携帯電話の電源を入れ直して、ハラーに電話をかけた。

電話はヴォイスメールにつながった。ハラーは法廷に出ているのだろう、とボッシュは推測した。メッセージを残そうとしたが、ビープ音が聞こえ、ハラーがかけ直してきたのがわかった。ボッシュはメッセージを取りやめ、電話に出た。

「で、チーノウの様子はどうだ?」ハラーが言った。

「シンディはGSR検査をおこなったのがサンガーだと確認した」ボッシュは答えた。

ハラーは口笛を吹いた。車の騒音が聞こえ、ボッシュはハラーがリンカーンに乗っているのだろうと思った。

「そいつはいい」ハラーは言った。「思っていたとおりだったが、それを記録に残せたのがいい」

「ある意味では、そうだ」ボッシュは言った。「弁護士用の部屋を使わせてくれなかった。おれはガラス越しに写真を彼女に見せなければならなかった。彼女は写真に署名できなかったが、彼女のうしろに監視カメラがあった。必要なら、映像に残っている」

「いいぞ。ほかになにかあったか？」

「シンディは怯えていた。とくにサンガーの件で。怖がっている」

「まあ、あと六日だ。計画を始動させるときが来たと言っていい」

「サンガーを召喚するのか？」

「それにサンガーの仲間のミッチェルも」

「ああ、あいつらはそれを気に入らないだろうな」

「それは控え目な言い方だな。それからＡＴ＆Ｔが預かってくれているＵＳＢメモリーを受け取ってきてほしい」

「おれがそうした瞬間に開示資料になるんじゃないのか？」

「厳密には、おれが法廷に提出すると決めるまでは開示可能なものにはならない。だけど審問のはじまる前日まで隠し持っていたら、向こうは金切り声を上げて、延期を判事から勝ち取るだろう」

「じゃあ、どうするんだ？」

「ＵＳＢメモリーを受け取り、データをダウンロードし、すべてのファイルをプリントアウトしてくれ。数千ページになるだろう。そののち、連中にそのハードコピーを渡し、一方、こちらは検索可能な電子ファイルを持っておく。予想では、向こうはその干し草の山を見て、われわれが時間を浪費させようとしているのだと考えるだろう。そしてこちらがそれを証拠にするとき、向こうは有効な拒否理由を持たないだろう」

「もしわれわれがそれを証拠にするならな」

「そこが大きなもしだな。あんたが見つけてくれるものに目星はつけているものの、成果が挙がらなければならない。さもなければ、われわれは時間を浪費し、依頼人が自由を得る可能性は低くなる」

「まあ、手に入れ次第、携帯電話のデータに取りかかるよ」

「なにか掴んだら、教えてくれ」

「待った――ＦＢＩはどうなってる？」

「そのカードは必要に迫られるまで切らないつもりだ」

それがなにを意味しているのか、ボッシュにはよくわからなかったが、その件に関してこれ以上訊かないほうがいいとわかっていた。ハラーは州検事局に隠し球をしようとしていた——渡さねばならないものを、渡さねばならなくなるまで渡すのを遅らせ、自分の法廷戦術を可能なかぎり偽装していた。ハラーの知っていることを、そしていつそれを知ったのかを知りたがっている連邦判事の怒りを誘うことになりかねない、網のない状態で綱渡りをするような行為だった。バッジを持っていたころなら、ボッシュの血を沸騰させたはずの弁護側の策略だった。だが、いまは、ボッシュはハラーのおこなっている動きに感嘆しているのも同然だった。通路の向こう側に座っている相手に対処する際に、倫理的な境界線のぎりぎりの内側に留まる達人である、とリンカーン弁護士を見なしていた。ハラーはそれを雨粒に当たらぬように踊ること、と呼んでいた。

ともにサンズ事件に取り組んできた七ヵ月で、ボッシュは、弁護側で働くハラーは、勝ち目の薄い大ばくちを打っているのだと理解するようになった。ハラーは、ビーチでサーフボードを抱えて、高さ三十メートルの波が来るのを見上げている男のようだった。州の圧倒的な力は無限だった。ハラーは、依頼人のために立ちはだかろうとしているひとりの男にすぎなかった。その潰滅的な波に向かってサーフボードを進めようとしていた。ボッシュはそこになにか気高いものがあると思いはじめていた。

「モーリスからまだ連絡はないか？」ボッシュは訊いた。「われわれはまだ月曜日に出廷するということでいいんだな？」

ヘイデン・モーリスは、連邦裁での人身保護請求審問でルシンダ・サンズの有罪判決の正当性を主張することになっているカリフォルニア州検事補だった。彼は毎週月曜日に全面的な証拠開示を要求するメモを送ってくる以外、ほとんどハラーと連絡を取っていなかった。

「ひと言もない」ハラーは言った。「だから、おれの知る限りでは、月曜日に準備完了になっている。ぜひ来てね、というわけだ」

「わかった」ボッシュは言った。「途中で立ち寄ってAT&Tのブツを受け取ってくる。今夜調べて、あすはサンガーとミッチェルに召喚状送達にいく」

「そこにあるとわれわれが期待しているものが見つかったら、すぐに連絡してくれ。だけど、忘れるな、電子メールはだめ、ショートメッセージもだめだ」

「わかった。検事補に渡さなければならないものはなにも残さない」

「その調子だ。またしても刑事弁護士のように考えているな」

「そうでないことを願ってる」

「受け入れろ。新しい自分を、ハリー」

ボッシュはそれ以上なにも言わずに電話を切った。あるいは否定の言葉を言わずに。

第六部　真実の罠

24

鷲は、怒りのこもった正義の目をしていた。機会があれば、鋭い鉤爪に摑んでいた矢とオリーブの枝を離し、壁から舞い降りて、正義を求めてここにやって来たというのに、こちらの喉を切り裂かんとしているように見えた。鷲の姿を仔細に眺めているうちに、わたしはあらたな環境に慣れてきた。わたしは何十年もの弁護活動のなかで連邦裁の法廷に立つことを避けてきたのだ。カリフォルニア州南部地区連邦地裁は、弁護側の立証が死ぬ場所だった。連邦政府は百パーセント近い有罪認定率を誇っていた。ここでの弁護側の立証は手なずけられ、めったに裁判になることはなく、裁判になってもほぼ勝てなかった。

だが、ルシンダ・サンズ対カリフォルニア州事件の場合は、事情が異なった。人身保護請求は民事の申立てだ。わたしの敵は連邦政府ではない。わたしは州との戦いに挑んでおり、連邦判事がレフェリーとして裁判を司っており、それが希望の扉をひらいた。判事の法壇の上の壁に設置された怒れる鷲の描かれた紋章を見てから、わたしの目は深い色の上質の木材で造られた部屋、正面隅に立てられた旗、側面壁に掲げられた過去の裁判官たちの質感のある油彩肖像画をとらえた。この部屋は、正義の祈りを抱えてここに足を踏み入れてきたどんな弁護士よりも時の試練に耐えてきた。その祈りは、リーガル・シーゲルが大昔にわたしに教えてくれたものだった。**深呼吸しろ。いまが正念場だ。これがおまえの舞台だ。望め。ものにしろ。摑め。**

わたしは目をつむり、頭のなかでその言葉を繰り返し、周囲の音を無視した――背後の傍聴席のベンチに人々がすり足で入ってくる音、左側にある検事補テーブルから聞こえる囁き声、柵を巡らした自分の席のなかで右側の電話に話しかけている書記官の声。ところが、無視できない侵入音が聞こえた。

「ミッキー！　ミッキー！」

切迫した囁き声。わたしは目をひらき、ルシンダを見た。彼女は部屋のうしろに向かってうなずいた。振り返ると、傍聴席の最初の列にいる記者たちと、連邦裁判所ではカメラが禁止されているため、ＴＶ局に雇われている法廷画家が目に入った。そして、彼らの向こうに、最後方の列に座っているステファニー・サンガー保安官補を見た。じかに彼女の姿を目にしたのは、いまがはじめてだった。人身保護請求は民事の申立てであるため、法廷外で彼女を証言録取することができたが、それをすれば彼女と検事補にこちらの訴訟戦術に関して事前情報を与えてしまうことになる。わたしはそれを望まなかった。そのため、わたしは賭けに出て、証言録取をスキップし、彼女を証人として呼んだときにはじめて訊問するつもりでいた。

一瞬、わたしはサンガーと視線をからめた。彼女はサンディブロンドの髪と、淡いブルーの瞳をしていた。その視線は、壁に描かれた鷲の目つきと同様、冷たく、怒りがこもったものだった。制服を着て、バッジと表彰ピンをこれみよがしに着けていた。陪審員に証言する法執行官の権威を思い起こさせるという本に記された最古のトリックだった。だが、これは陪審員裁判ではなく、制服姿が判事に印象を与える可能性はほぼ皆無だろう。

「あんなことできるんですか？」ルシンダが訊いた。「あんなふうにわたしたちのうしろに座ることが？」

わたしはサンガーから依頼人に視線を移した。ルシンダは怯えていた。

「彼女のことは心配しないでいい」わたしは言った。「裁判がはじまれば、彼女は出ていく。彼女は証人であり、証言するまで法廷にいることは許されない。だからこそ、ハリー・ボッシュはここにいないんだ」

ルシンダがなにか言うまえに廷吏を務める連邦保安官補が法廷脇の待機房に通じる扉の隣に置かれている机から立ち上がり、エレン・コエルホ判事の入場を告げた。タイミングは完璧だった。廷内にいる人々が立ち上がると、法壇裏の扉がひらき、黒い法服をまとった判事が三段の階段をのぼって、自分がそこから取り仕切ることになる黒い革張りの椅子に座った。

「着席してください」判事は言った。格天井と法廷内のほかの音響効果によって、その声は増幅された。

着席すると、わたしはルシンダのほうに体を傾けて囁いた。「判事といくつか打ち合わせをしてから、きみの番になる。話し合ったように、落ち着いて、率直に、答えるときはわたしか、判事を見て。相手方の弁護人たちを見ないで」

ルシンダはためらいがちにうなずいた。まだ怯えている様子で、ライトブラウンの顔色が青白くなっていた。

「大丈夫だ」わたしは言った。「きみはこの用意ができている。ちゃんとやれるよ」

「でも、もしちゃんとやれなかったら?」ルシンダは言った。

「そんなふうに考えないで。向こうの席にいる連中は、きみの残りの人生を奪い去りたいと思っている。きみから息子を奪おうとしている。彼らに腹を立てよう、恐れるのではなく。きみは息子さんのところに戻らねばならないんだ、ルシンダ。あいつらはきみにそうさせまいとしている。そのことを考えるんだ」

ルシンダの背後で動きがあるのに気づき、頭を寄せ合っている体勢から顔を起こすとこちらとは反対側のルシンダの隣にある椅子をフランク・シルヴァーが引いて、座るのを見た。

「遅れてすまない」シルヴァーは小声で言った。「やあ、ルシンダ、わたしを覚えているかい？」

ルシンダが答えるまえにわたしは彼女の腕に手を置いて黙らせ、彼女越しに体を傾けると、怒りが許すかぎり静かにシルヴァーに話しかけた。

「ここでなにをしてるんだ？」わたしは囁いた。

「わたしは共同弁護人だよ」シルヴァーは言った。「それがわれわれの取り決めだった。ここに手を貸しに来た」

「取り決めってなに？」ルシンダが訊いた。

「取り決めなんかない」わたしは言った。「きみは出ていかねばならない、フランク。いますぐ」

「どこにもいかんよ」シルヴァーは言った。

「よく聞くんだ」わたしは言った。「きみはここにいてはならない。さもなければ――」

わたしの言葉は判事に中断させられた。

「サンズ対カリフォルニア州事件に関して、人身保護請求が出ています。両弁護人は進行する用意が整っていますか？」

ヘイデン・モーリスとわたしはそれぞれのテーブルで同時に立ち上がり、進める準備が整っていることを確認した。

「ハラー弁護士」判事が言った。「あなたに共同弁護人がいるという記録をわたしは持っていないのですが。依頼人の隣に座っているのはどなたです？」

シルヴァーが立ち上がってその質問に自分で答えようとしたが、わたしはいち早く答えた。

「シルヴァー氏は、依頼人にとって、本件の当初の刑事弁護士です」わたしは言った。「依頼人への支持を示そうと立ち寄っただけです。彼は共同弁護人ではありません」

コエルホは法壇の自分の目のまえにある書類に視線を落とした。

「その人はあなたの証人候補リストに載っている人ですね？」判事は訊いた。「その名前に覚えがある気がします」

「はい、閣下」わたしは言った。「そのとおりです。いまも申し上げたように、氏は支持を示すため、最初にこの場に居合わせたいと思っていただけです。すぐに出ていきます。実を申し上げると、閣下、証言のため呼ばれるまですべての証人は本法廷から退出することを原告側は要求します」

すでに腰をおろしていたモーリスは、勢いよく立ち上がり、わたしが言わんとしている証人はステファニー・サンガー巡査部長であり、不当な送達をおこなわれたため、召喚状を無効とする州の申立てのため本法廷に来ているのだ、と判事に伝えた。

「わかりました、その話に入りましょう」コエルホ判事は言った。「ですが、まずはじめに、シルヴァーさん、あなたは本法廷から出ていってください」

わたしはサンガーに関する異議申立てに備えてまだ立ったままでいて、すでに脳裏からシルヴァーを消し去っていた。目標から目を離すわけにはいかず、注意が散漫になってはならなかった。モーリスはあきらかにサンガーを証人席に近づけないようにさせ、できるかぎり事件とわたしの訊問から遠ざけておきたいと願っていた。

視野の周辺でシルヴァーがゆっくりと立ち上がり、椅子を押し戻すのを見た。わたしは横を向き、親しい友人同士であり、この裁判の誤りに心をひとつにしているかのようにすばやくうなずいた。シルヴァーは芝居に付き合い、わたしのかたわらを通ってゲートに移動するまえにルシンダの肩を軽く叩いた。彼は笑みを浮かべ、がんばれよと言うかのようにうなずきながら、「クソッタレ。おれは証言しないからな。おれに召喚状を送達できればいいがな」と囁いた。

わたしはシルヴァーがすばらしいひらめきの言葉を囁いたかのようにうなずいた。

そしてシルヴァーは出ていった。わたしは来たる異議申立てに備えて立ったまま、ボッシュがサンガーに送達した召喚状の写しが入っているファイルをテーブルの上でひらいた。モーリスがこれにどのように挑んでくるのか、わからなかった。

コエルホ判事はシルヴァーが法廷の扉にほぼたどりつくまで待ってから、先をつづけた。

「モーリスさん、進めてください」判事は言った。

つづく五分間、モーリスは、サンガー巡査部長に送達された召喚状は、相手側弁護人――わたしのことだ――がサンガーを証人席につかせるための証拠的根拠がないのにもかかわらず証拠漁り（あさ）をおこなっているがゆえに、無効にすべきである、と主張した。

「サンガー巡査部長は、現在進行中の捜査に関与しており、もし弁護人が行き当たりばったりに訊問するなら、その捜査が危険にさらされることになりかねません。弁護人はこの証人に対してスタンドプレーをしようとしているのです、閣下、そしてほかの事件における正義を犠牲にしかねないのです。加うるに弁護人の召喚状申請は、原告がおこなったきわめて疑わしく、写真による人物同定の標準手続きに適合しない同定に基づくものです。それひとつだけでも本召喚状を無効にするものです」

「写真による人物同定について説明してください」コエルホは言った。

「はい、閣下。原告の調査員は、収監されている刑務所の面会室で一連の写真を原告に見せました。これにより調査員は人物同定をサンガー巡査部長に誘導することができました。そしてそれが閣下が署名された召喚状の根拠となったのです。閣下はご承知のとおり、証人に写真を示す場合、正式には、当該人物に六枚組写真(シックスパック)と一般に知られる六枚の写真を一度に示し、どの写真を選ぶべきかに関する外部からの影響を受けないようにするものです。ですが、いまとなれば遅きに失しております。人物同定は汚染されました。州は、本召喚状を無効とするよう求める次第です」モーリスは腰をおろした。

わたしはほっとした。検事補の主張は、完全なたわごとだった。モーリスはあきらかになりふり構わず行動していた。つまり、サンガーが証言するのをどれほど懸念しているかをわたしに告げていた。なんとしてもサンガーを証人席につかせなければならないという思いをわたしは強くした。

「ハラー弁護士？」判事は言った。「あなたの応答は？」

「ありがとうございます、判事」わたしは言った。「喜んで応答させていただきます。まず第一に、わたしはこの街で何十年にもわたって法を実践して参りましたが、異議の根拠として〝行き当たりばったり〟という用語が出されるのを耳にしたのは、はじめての経験です。ロースクールで聞き逃したに違いありませんが、わが同職者の言葉を使わせていただければ、彼の主張は行き当たりばったりであり、付け加えるなら、理屈に合いません。わたしの調査員であるハリー・ボッシュは、ロサンジェルス市警察で警察官および刑事として四十年以上勤務した経験を有しています。正規の写真による面割り方法を彼は熟知しています。最初、彼は刑務所の監督者にミズ・サンズと独立した弁護士用の部屋で会えるよう要請しましたが、それを却下されたのです。そのため、面会室のブースでミズ・サンズと会い、わたしの召喚状申請に概要を記しておりますように手続きを進めました。彼は写真を一枚ずつミズ・サンズに示し、彼女が六枚すべての写真を目にするまで受話器を手に取らなかったのです。全部見終えてから、ミズ・サンズは人物同定をおこないました。不都合なことはなにもありませんでした、卑怯な行為もありませんし、行き当たりばったりなところすらなかったのです――それがどんなことを意味するにしても。そして、閣下、刑務所の監視カメラがその一部始終を記録していました。汚染された人物同定という非難にいくばくかの真実があるのであれば、モーリス氏はそのカメラに記録された映像をわれわれに見せてくれればいいのです。もしこの審問を遅らせ、ルシンダ・サンズの不当な投獄を延ばしたいのであれば、すべてを停止させ、録画映像を見直すため取り寄せるよう裁判所命令を出してもらえばいいのです」

「閣下?」モーリスが言った。

「あなたの発言はまだです、モーリスさん」コエルホは言った。「ハラー弁護士、異議の最初の部分への応答はいかがです?」

「モーリス氏は極秘の性質を持つほかの捜査に言及されています」わたしは言った。「彼はあきらかに必死なのです。ロベルト・サンズ殺害に対する毀損され、不正がおこなわれだ捜査以外の捜査を持ちだすつもりは、わたしにはありません。モーリス氏が証言させないようにしている証人は、本件の捜査に膝まで深く沈んでおり、モーリス氏はこの事柄に関する真実を法廷が突き止めるのを防ぎたいのです。ほかの捜査にはいっさい言及されないでしょう。わたしはたったいまそのことを約束いたします。

もしそこから逸脱すれば、本法廷がわたしを黙らせればいい」

いったん間があり、そののちモーリスが再び発言を試みた。

「閣下、短い応答を認めていただければ」モーリスが言った。

「それにはおよびません」コエルホは言った。「調査員が原告に写真を見せているところを記録した映像をお持ちですか？」

「いえ、閣下、わたしは持っていません」モーリスが言った。

「その映像をあなたは見たんですか？」コエルホが念押しした。「それがあなたの申立ての根拠だったんですか？」

「いえ、閣下」モーリスは弱々しく言った。「われわれの根拠は、原告からの召喚状申請です」

「では、あなたはご自身の主張に根拠を与える準備ができていません」コエルホは言った。「無効の申立ては、却下します。サンガー巡査部長は、証言に呼ばれるまで、本法廷から退席しなさい。ほかになにかありますか、みなさん、本件に関する証人訊問をはじめるまえに？」

モーリスがテーブルからふたたび立ち上がった。

「はい、閣下」モーリスは言った。

「どうぞ」コエルホは言った。「どんなことでしょう？」

「本法廷がご存知のように、この請求申立ては州の要請により非公開になっています」モーリスは言った。「これは、報道機関で恣意的な報道がされないようにするためです。相手側弁護人が過去の事件でそういうことをおこなう傾向を示してきましたから」

わたしは立ち上がった。

「異議あり」わたしは言った。「閣下、検事補は事実から本法廷の目を逸らさせるためにその力を行使してあらゆる手段を講じており――」

「ハラー弁護士」コエルホはきっぱりと言った。「弁護人同士がたがいの発言を中断させるのをわたしは好みません。もしモーリスさんの主張に価値があるとわたしがみなす場合、あなたには反論の機会が与えられます。さあ、座って、彼に最後まで発言させてください」

わたしは言われたとおりにした。異議を申立てることでせめてモーリスの調子が崩れることを祈りながら。

「ありがとうございます、閣下」モーリスは言った。「先ほど申し上げたように、この請求申立ては本件審問がはじまるまで、裁判所によって封印されていました」

「それはいまのところそのとおりです」コエルホが言う。「その主張でどこにいこうとしているのかわかっています。傍聴席に報道機関の代表の姿が見えますし、法廷画家の要請も許可しました。本件はもはや封印されていません。われわれは公開法廷にいます。あなたの異議はなんですか？」

「本法廷は金曜日に法廷画家の要請を受理しました」モーリスは言った。「われわれにはその書類の写しが届けられております。その時点で本件はまだ封印がされていました。それなのにどういうわけか報道機関には知らされたんです。原告側弁護人が、本請求を非公開にする裁判所命令を破ったことに対し、州は制裁を求めます」

わたしは再度立ち上がったが、口は挟まなかった。判事にわたしが反論する用意をしていることを知らせたかっただけだ。だが、判事は片手をまえに出して、宙をぱたぱたと叩いた。座るようにとのわたしへの合図だ。わたしは座った。

「モーリスさん、あなたは二分まえにハラー弁護士を非難したのとおなじことをしています」コエルホは言った。「報道機関相手の働きかけです。封印が解除されないうちにこの審問の情報を報道機関に伝えたのかどうかわたしがハラー弁護士に訊ねたとしたら、氏は伝えていない、それに違反した証拠はない、とおっしゃるでしょう。率直に言って、ハラーさんはそんなことを自分でするような愚かな人ではないと思います。さて、モーリスさん、そんな証拠を提供できないかぎり、あなたがここでおこなっているのはスタンドプレーです。そんなことをしてほしくはないですね。実際にわれわれがここにいておこなうことになっていることをしたいです。制裁はありません。さて、ハラー弁護士、先へ進む用意はできていますか？」

わたしは立ち上がり、今回は上着にボタンをかけた。あたかもそれが盾であり、いまから戦いに挑もうとしているかのように。

「用意はできています」わたしは言った。

「けっこう」判事は言った。「最初の証人を呼んでください」

（下巻につづく）

|著者| マイクル・コナリー　1956年、フィラデルフィア生まれ。フロリダ大学を卒業し、新聞社でジャーナリストとして働く。共同執筆した記事がピュリッツァー賞の最終選考まで残り、ロサンジェルス・タイムズ紙に引き抜かれる。1992年に作家デビューを果たし、現在は小説の他にテレビ脚本も手がける。2023年、アメリカ探偵作家クラブ（MWA）巨匠賞（グランド・マスター・アワード）受賞。著書はデビュー作から続くハリー・ボッシュ・シリーズの他、本作につながるリンカーン弁護士シリーズ、女性警察官レネイ・バラードが活躍する『鬼火』『ダーク・アワーズ』『正義の弧』など多数がある。

|訳者| 古沢嘉通　1958年、北海道生まれ。大阪外国語大学デンマーク語科卒業。コナリー邦訳作品の大半を翻訳しているほか、プリースト『双生児』『夢幻諸島から』『隣接界』、リュウ『宇宙の春』『Arc アーク』（以上、早川書房）など翻訳書多数。

復活の歩み　リンカーン弁護士　(上)

マイクル・コナリー | 古沢嘉通 訳

講談社文庫
定価はカバーに
表示してあります

2024年９月13日第１刷発行

発行者――森田浩章
発行所――株式会社　講談社
東京都文京区音羽2-12-21　〒112-8001
電話　出版（03）5395-3510
　　　販売（03）5395-5817
　　　業務（03）5395-3615
Printed in Japan

デザイン―菊地信義
本文データ制作―講談社デジタル製作
印刷―――株式会社KPSプロダクツ
製本―――株式会社国宝社

ISBN978-4-06-536016-3

講談社文庫刊行の辞

二十一世紀の到来を目睫に望みながら、われわれはいま、人類史上かつて例を見ない巨大な転換期をむかえようとしている。

世界も、日本も、激動の予兆に対する期待とおののきを内に蔵して、未知の時代に歩み入ろうとしている。このときにあたり、創業の人野間清治の「ナショナル・エデュケイター」への志を現代に甦らせようと意図して、われわれはここに古今の文芸作品はいうまでもなく、ひろく人文・社会・自然の諸科学から東西の名著を網羅する、新しい綜合文庫の発刊を決意した。

激動の転換期はまた断絶の時代である。われわれは戦後二十五年間の出版文化のありかたへの深い反省をこめて、この断絶の時代にあえて人間的な持続を求めようとする。いたずらに浮薄な商業主義のあだ花を追い求めることなく、長期にわたって良書に生命をあたえようとつとめるところにしか、今後の出版文化の真の繁栄はあり得ないと信じるからである。

同時にわれわれはこの綜合文庫の刊行を通じて、人文・社会・自然の諸科学が、結局人間の学にほかならないことを立証しようと願っている。かつて知識とは、「汝自身を知る」ことにつきていた。現代社会の瑣末な情報の氾濫のなかから、力強い知識の源泉を掘り起し、技術文明のただなかに、生きた人間の姿を復活させること。それこそわれわれの切なる希求である。

われわれは権威に盲従せず、俗流に媚びることなく、渾然一体となって日本の「草の根」をかたちづくる若く新しい世代の人々に、心をこめてこの新しい綜合文庫をおくり届けたい。それは知識の泉であるとともに感受性のふるさとであり、もっとも有機的に組織され、社会に開かれた万人のための大学をめざしている。大方の支援と協力を衷心より切望してやまない。

一九七一年七月

野間省一